一緒に剣の修行をした幼馴染が奴隷になっていたので、Sランク冒険者の僕は彼女を買って守ることにした④

著：笹塔五郎
イラスト：菊田幸一

GCN文庫

contents

プロローグ

——時々、嫌な夢を見る。

僕はアイネを守ると誓ったのに、彼女が僕の傍《そば》にいない夢だ。

どこに行っても見つからず、途方に暮れたところで目を覚ます。

僕は確かに、剣士としては多くの人から認められるくらい、強くなれたのかもしれない。

けれど、元々強さに対して渇望があったわけじゃない。

アイネがいたから、僕は強くなりたかったんだ。

だから、もしも彼女を失うようなことがあれば、僕は——


「起きたの？」

不意に声を掛けられ、隣を見る。

そこには、少し眠そうな表情で僕のことを見るアイネの姿があった。

お互いに服は着ておらず、先ほど『行為』に及んだばかり。

ここが宿のベッドの上であることを認識して、僕は安堵の溜め息を吐《つ》く。

——森での死闘から二週間ほど経ち、僕達はまだ『リディン』の町にいた。

理由はもちろん、先日の一件で負った怪我《けが》だ。傷を癒《いや》すためにやってきた場所で、結果的にはそれ以上の深手を負う羽目になってしまい、随分と長い足止めを食らっている。

ただ、討伐した『黒虎竜《こくこりゅう》』については、近くにあった冒険者ギルドに報告し、しばらく仕事をしなくても済むくらいの報酬はもらっている。

やはりあの竜については誰も動向を把握していなかったらしく、感謝はされた。

気付いたのは僕ではなく、ルリエの方だが。彼女もまた、深手を負っているために、僕達と同じくここに滞在している。

僕は気付けば、アイネの手を握っていた。

「リュノア……？　どうしたの？」

「いや、何でもない。ただ、こうしていたいだけだよ」

「変なの。手を握るならいつもしてるじゃない」

アイネの言う通り、手を握るくらいならいつもしている。

けれど、僕は嫌な夢を見た時は、彼女がここに存在していると——認識するためにやっていることだ。

僕がアイネを守らなければならない。

これからラベイラ帝国に向かうというのなら、なおさら気を引き締めなければならないことだ。

「……えいっ！」

「！　アイネ……？」

不意に、アイネが僕の身体の上に乗ってきた。

裸のままで上に跨《またが》るというのは、何とも煽情的な行動だが、先ほど行為に及んだばかり。

さすがに連続では――と思っていたが、僕の方は反応してしまう。

思わず、アイネから視線を逸らす。

「ふふっ、暗い顔してるから元気ないかと思ったけど、身体は正直ね」

「何を言ってるんだ」

「わ、私だって、そんな好きでえっちなことしようとか、えっと、言ってるわけじゃないのよ？　でも、ほら、レティに言われたじゃない！」

レティ・ルエル――アイネと同じく、『魔族』の『転生体』だという少女だ。

魔族は『転生法』と呼ばれる魔法を使い、適性を持つ者の魂を融合することで、新たに人間として生まれ変わるのだという。

魂の保管場所としてレティは棺桶、アイネは首輪という物を介しているのだ。

彼女の話が本当であれば、アイネもまた『性属の首輪』に宿る魔族の魂と融合しつつある、ということになる。

これもまた、すぐにでも解決しておきたいのだが、一筋縄ではいかないことばかりだ。

あの戦いで、アイネは『色欲の魔剣』の使い手となり、毎日あった『発情』は起こらなくなった。言葉だけなら解決したように思えるが、これはあくまで次の段階に進んだ状態、というのがレティの見解だ。

魔族による魂の融合は、それぞれ特色があり、レティの場合は『睡眠』、アイネの場合は『発情』と、それを通じて時間を掛けて行われるらしい。

ただ、詳しくは聞けていないが、レティの場合はアイネと違い、望んで今の状態にあるという話だ。

だからなのか、レティの『転生法』は完成しつつあり、過去の魔族の記憶を取り戻し、性格についても魔族だった頃に寄っている、という。

以前の彼女を知らないから、どう変わったのかは分からない。

けれど、アイネの身に起こった性格の変化については僕も知っているし、もはや人格が変わった、と言われてもおかしくないほどだった。それでも、人間と魔族どちらの記憶も有している、というのは性質《たち》が悪いと思う。

――レティ曰く、「アイネの発情がなくなったとしても、行為は続けた方がいい」とのことだった。

しかも、毎日する必要はないが、より『濃厚に』とか『長めに』とか、そんな指示までされた。

　果たして本当に彼女の言う通りにしていいものか、と考えたが、『発情』自体が魂の融合を促進させる行為であり、それを『発散』させることで、以前なら融合を止めることができた、とのことだ。

　つまり、発情している時間が長いほどアイネにとってよくない時間が続いていたのは間違いなく、今は発情しない状態でも、魂の融合は進行する状態にあるという。

　簡単に言うと、アイネが欲求不満のままだとよくない、というわけだ。

　どのみち情報の少なすぎる僕達にとっては、同じ敵と戦うための協力者は貴重である。

　だから、今はレティの言うことを信じて、アイネの欲求に応えなければならない。

「アイネはもっとしたいって、ことだよね？」

「い、いや、だから、別にそうじゃないけど……しないといけないっていうし。ほら、私が満足してるかどうか、私にも分からないっていうか――あっ」

　色々と、アイネが早口でまくし立てるので、逆に彼女を押し倒す。

　すると、今度はアイネの方が恥ずかしそうに視線を逸らした。

　すでに僕達は何度も行為に及んできたというのに、いつまでも初々しい反応をしてくれる彼女は、とても可愛《かわい》らしい。

「満足してるか分からないなら、満足したって言うまでやるしかないね？」

「……そ、そうね」

僕の問いかけに対し、アイネは頬を赤らめ、期待に満ちた表情を浮かべていた。

僕はアイネの片腕を押さえたまま、彼女の首筋へと口づけをする。

「んっ」

少しだけ、吐息が漏れるような声が耳に届いた。

アイネは押さえつけられていた方が興奮するようで、わずかに抵抗するような力は感じるが、かなり弱いものだ。

もう片方の手で、彼女の胸の辺りに触れる。優しく、乳輪を指で撫でてやると、ぴくんっと震えるのが分かった。

ちらりと視線を向けると、まだ触れてもいないのに、乳首が大きく膨れ上がっているのが見える。早く触ってほしい、と自ら主張しているようだった。

僕は優しく、彼女の乳首を二本の指で挟む。指の腹の辺りでコリコリとしてやると、アイネの身体が小さくのけぞった。

「や、んっ」

消え入りそうな声で、けれどそこに拒絶はない。

薄く目を開いたアイネが求めているのが分かって、僕は彼女とキスを交わす。

押さえつけていた手は、気付けば指を絡ませるようにして、舌で彼女の口内を犯す。

「んっ、ふっ、んぅ、ぁ……」

これはあくまで前戯だ。乳首を弄《いじ》られながらキスをされるのが好きなようで、こうしてやるとアイネの秘部は愛液で溢《あふ》れる。

いつでも挿《い》れることはできるし、イカせてやることだってできる。

けれど、まだ早い。アイネを満足させるなら、もっとじっくりと時間を掛ける必要があった。

最近は僕も随分と慣れてきて、彼女の身体の反応を見て、イキそうかどうかは判断できるようになった。

大きく震えてきたら、乳首を弄る指の動きを優しいものに変えて、弱い快感でじわじわと責めていく。

「あっ、はぁ……」

アイネの目はすっかりと快感に溺れていて、とろんとしていた。

敏感な身体は、だんだんと絶頂に達するまでの間隔が短くなり、弱い刺激だけでも軽くイキ始めてしまう。

唇を離すと、唾液が糸を引くようにして、アイネと繋がっていた。

そのまま、乳首を弄っていた手をアイネの秘部の方へと、身体を撫でながら動かしていく。

撫でているだけだというのに、アイネの身体はぴくぴくっと動いて可愛らしい反応を見せてくれた。

「触るよ」

「ん」

返事らしい返事はないが、小さく頷いたアイネを見て、僕はゆっくりと彼女の膣内に指を挿れた。

愛液で濡れた彼女の秘部は簡単に僕の中指を受け入れてくれ、すでに軽く絶頂を迎えているからか、指の刺激だけで膣内が強く締まっているのが分かる。

「ひっ、んぁ……！」

膣内を指でこすってやるだけで、もうアイネはイク寸前だ。このまま、イッてもイッても指を動かすのをやめない――なんて責め方もあるが、今日はしない。

ギリギリまで快感を溜めて、一気に消化させてやるのだ。

中指を奥まで挿れて、ゆっくりと引き抜くように動かす。時折、親指でクリトリスを弄ってやると、アイネの僕の手を握る力が強くなった。

「ぁ、んっ、リュ、ノアぁ……」

「何だい？」

「も、もう、いい、から……っ」

「いい、とは？」

「じゅ、十分っ、もう、満足、だから……！」

アイネは訴えるように、潤んだ瞳を向けてくる。

もう十分、満足した――早くイキたいからと、アイネは僕に言っているのだ。

けれど、その言葉を受けても、指を動かす速度は変わらずに一定で、アイネの腰が浮いていくのが分かる。

「あっ、ダメ、だって……！　やぁ……！」

「アイネは何も気にしなくて大丈夫だよ。そのままで」

「ち、ちが……！　そういうこと、言ってるんじゃ――ぁんっ！」

だんだんと、アイネの声が大きくなってきた。

我慢できなくなってくると、アイネがすぐに弱音を吐く。剣術の稽古では、決してそのような姿を見せたことはなかった。

「アイネは我慢強い子だよね」

「んっ、はぁ……、いま、関係ない、でしょ……!?」

「あるよ。アイネが頑張る姿は可愛いからさ」

「……っ、そう、やって、いつも……ぁ」

本当に、今のアイネの姿は可愛いと思っている。

だから、僕は包み隠さずに本音を話し、彼女はそれを受け入れてくれる。口では嫌がるような素振りを見せても、必死に我慢しようとしているのが伝わってくるのだ。

僕は人差し指を挿れて、二本の指でアイネの膣内を弄る。

奥の方までゆっくりと挿れて、膣壁を撫でるようにしながら、動かす。

ただ、それを繰り返すだけで、どんどん愛液が溢れてきて、潤滑油となって指をスムーズに動かせるようになる。

「ふっ、ふ……はぁ……」

だんだんと、アイネの呼吸がつらそうになっていくのが分かった。

これ以上、焦《じ》らすのは彼女の負担にもなるだろう。

僕はようやく、膣内から指を抜き去って、アイネの両足を掴《つか》む。股を大きく広げるような形にすると、アイネは顔を赤くして、手で覆った。

「こ、こんな格好……！」

「結構、挿れやすいからね。それじゃあ、いくよ」

「！　ま、待って！　あんなに焦らされたから、いきなりは――ひあぁっ!?」

アイネの言葉を聞かずに、僕は勃起したペニスをアイネの膣内へとねじ込んだ。

奥深くまですんなりと受け入れてくれて、同時に締まりが強くなる。

先の方が奥に当たったのか、それだけでアイネは絶頂を迎えていた。

アイネにとってはようやく迎えられた絶頂だろうが、まだ終わりじゃない。

指で焦らしていた時とは違い、僕は速い動きで腰を動かし始めた。

「うあっ、やっ、ダメ……！　これ、変に、なるぅ……！」

アイネが普段は絶対に見せないようなだらしない表情を浮かべていて、一層に嗜虐《しぎゃく》心が刺激される。

奥を突くたびに絶頂を迎えるアイネを見ながら、僕はより激しく腰を動かした。

「ぁ、はぁ、んあっ、イ、ああっ！」

一度迎えた大きな絶頂。それが終わることなく続いている。

そんなアイネの姿を見ていると、僕もすぐに射精感がやってきた。

「アイネ……射精するよ」

僕の言葉が届いているか分からないが、射精と共に奥を強く突いた。

アイネの身体が大きく跳ね、背中をのけぞらせる。ビクビクっとしばし震えた後、一気に脱力した。

ゆっくりペニスを抜くと、僕の精子とアイネの愛液とが混ざったものが溢れてくる。

「よく頑張ったね、アイネ」

優しくアイネに声を掛けると、彼女は言葉を発さずに無言で、こくりと頷くだけだった。

その後、すぐに「いつまでも見ないでよ！」とクッションを投げられてしまったが。

第一章

行為を終えた後、アイネは再び眠りに就いた。毎日する必要はなくなったとはいえ、彼女にとっては今の方が負担は大きいかもしれない。

僕はベッドから降りて、着替えてから部屋を出る。

「やあ、朝からお盛んだったようだね」

扉の横に座っていたのは少女――レティ・ルエルであった。

「……茶化さないでくれないか」

「あははっ、ごめんごめん。そもそも、きちんとヤッた方がいいというのはボクの指示だからね。大変だろうけど、時間の制限がなくなったのは君達にとってはよかったかな」

「何か用があって来たんじゃないのか？　ルリエさんの姿が見えないけれど」

「彼女は今、外に出ているよ。傷も癒《い》えてきたし、身体を動かしておきたいんだと。ボクがここに来たのは、そろそろこれからのことを相談したいと思っていてね」

これからのこと――つまり、いつ『ラベイラ帝国』へ向かうか、ということか。

「僕とアイネの怪我《けが》も、よくなってる。ルリエさんの傷も癒えたなら、そろそろ向かえるだろうね」

「それを聞いて安心したよ。じゃあ、ルリエが戻ってきて、アイネが目を覚ましたら話をしようか。そこで、改めて僕達のことも話すからさ」

そう言って、レティは立ち上がる。特に僕とルリエの傷が深かったから、互いに怪我を癒《いや》すためにきちんと話す時間を作れていなかった。

去っていこうとするレティを、僕は呼び止める。

「レティ、一つ聞いておきたい」

「おいおい、ボクのことは『さん付け』にしてくれないのかな？」

「……レティさん」

「あはは、冗談だよ、冗談。いやいや、君は真面目《まじめ》だなぁ。ま、精神年齢的にはボクの方が上だろうけれど、呼び捨ての方が親しみもあるから、そのままで構わないよ。それで、聞きたいこととは何かな？」

からかっているのか、これが『素』なのか分からないが、僕はレティに気になっていたことを尋ねる。

「君とアイネは、同じ存在なんだろう？」

「ふむ、同じの定義によるけれど、『魔族』の『転生体』という意味ならそうだね」

「アイネとは違って、君は今の状態に望んでなってる、と聞いてる。なら、君はどうして今の状態を望んだんだ？」

「そのことかい？　後で話す——でもいいんだけど、まあ簡単に説明だけはしておこうかな。ボクはね、病気なんだよ」

「……病気？」

「そう、病気。それもいわゆる難病と呼ばれるものでね。おそらくは二十歳《はたち》まで生きられるかどうか、といったところかな。体内の魔力がだんだんと尽きていって、身体が動かせなくなるんだ」

淡々とした口調で、レティは語る。

まだ年若い少女である彼女が、受け入れるにはつらい現実のはず。

だが、レティはそれをまるで他人事《ひとごと》のように話す——魔族による転生とは、こういうものなのだろうか。僕を見て何かに気付いたのか、

「おっと、せっかくだから『魔族のボク』ではなく、『人間のわたし』として——お、お話ししましょうか……？」

不意に、そんな風に話し方を変えたのだった。

僕はその様相を見て、思わず目を丸くする。ただ口調を変えただけなら、別に驚くようなことではない。

だが、目の前にいる彼女は——先ほどまで話していたレティとはまるで別人であった。

雰囲気はガラリと変わり、どこか大人しめで、視線も少し泳いでいる。

「演技、ではないのか?」

「は、はい。えっと、改めまして——わたしはレティ・ルエルです。あ、別に自己紹介はいらなかったですねっ。その、人格の切り替えって言えばいいんでしょうか……? 記憶は共有していますし、魂も融合状態にあるので、『ボク』と『わたし』は同じ人間……あ! 『ボク』が魔族、ですね。わたしが望んで今の状態になるので、こういう芸当も可能なんですっ」

以前に、アイネが別人のようになったことがある——レティは、それと同じだ。

ただし、今のように自分の意思で人格を切り替えることができるのだという。

先ほどまで流暢に話していたのが、『魔族』としてのレティであり、必死に話そうとしている少女が、『人間』としてのレティなのだ。

にわかには信じがたい光景だが、とても演技には見えなかった。

「……そんなことができるのか」

「は、はい。でも、アイネさんは望んで今の状態にあるわけではないので、魔族の部分が記憶を取り戻しても、人格を切り替えたりとかはできないかと」

「それがアイネと君の違い、というわけか」

「簡単に言うと、そうなります。わたしは——死にゆくこの身体を生かすために、魔族の力を借りることにしました。病気の進行を『眠らせる』ことができるので」

そうなるまでの経緯は分からないが、つまりレティは生きるために魔族の力を得たのだ。

「──まあ、そういうことだね。ボクに適合できたレティの身体を借りて、彼女自身も受け入れてくれたから、比較的早くに転生を完成させたわけだ。まさにこうして動ける状態であることが、『わたし』の望んだことだね。これで答えになったかな？」

不意に元に戻ったレティが言う。

いや、正確に言えば元のレティは『わたし』と呼称していた方であり、今の彼女は魔族の部分ということか。

「あ、ああ。その、何と言えばいいのか」

「おや、もしかして気にかけてくれるのかな？　別に、君が気にすることなど何もないよ。まあ、今の話の通りこの身体は非常に病弱でね。病気の進行は止めていても、正直言って戦闘はほとんど無理なんだ。そこだけ理解しておいてもらえればいいさ」

「君がそう言うなら、分かった」

「そうかい。では、また後でね」

ひらひらと手を振って、レティがその場を去った。

彼女には、彼女なりの事情があって今に至っている。

あるいは、レティのようにアイネも魔族の魂と分かり合うようなことがあれば、現状を解決する糸口になるのかもしれない。

けれど、やはりアイネとレティでは状況が違う——そんな解決方法があるなら、きっとレティが提示してくるだろう。……焦ったところで仕方ないのは分かっている。

僕はアイネを起こさないように、彼女が目覚めるまで静かに傍《そば》で待った。

——しばらくしてアイネが目覚め、僕は彼女と共にルリエとレティの部屋へと向かった。

ノックしようとすると、何やら中で『艶《なま》めかしい声』が聞こえ、咄嗟《とっさ》にアイネによって耳が塞がれる。

それから少し離れているように言われ、少ししてからようやく、部屋へと入れることになった。

「いやはや、すまないね。少し待たせてしまったよ。ああ、好きなところに座ってくれ」

そう促され、僕とアイネは隣同士で椅子に腰掛ける。

レティはベッドの上にいて、その隣には彼女のパートナーであり、『怠惰《たいだ》の魔槍《まそう》』の使い手でもあるルリエ・ハーヴェルトがいた。

どちらも肌着になっているが、レティは先ほどまではしっかり服を着ていたはずなのだが。

アイネが少し頬を赤くしているので、何となく状況は察する。

「さて、こうして四人が集まったわけで、改めて今後について話させてもらうとしようか。まず、『ラベイラ帝国』へ向かうことにはもう反対意見はないね？」

「ああ」

「ええ、もう決めたもの」

僕とアイネの決意は変わらない。追われる側《がわ》のままで、いるわけにはいかない。

「よし。君達の怪我の具合もいいようだし、明日にはここを発って、療養をしつつ向かいたいとボクは考えているけれど、どうかな？」

レティの提案を受けて、アイネの方を見た。彼女が無言で頷いたのを見て、僕は答える。

「構わない。ルリエさんも、怪我はよくなったってことでいいんだよね？」

「はい。正直、わたくしが一番、大怪我を負っておりましたが……治癒の心得は多少ございますので」

「ま、君達も含めて治療を施したのはボクだけれど、そこは戦えない者としてサポートに回るのは当然だからね。気にしなくていいよ」

「ちょっと偉そうなのが腹立つわね……」

「申し訳ありません、こういう子ですので」

「ははは、ルリエの言う通りさ。あ、何だったらここでさっきリュノアに見せた『芸当』を使ってもいいのだけれど、いいかな？」

ちらりと、レティが僕の方を見る。

すると、アイネが怪訝《けげん》そうな表情をして、

「ちょっと？　さっきのって何？　まさか、変なことしてないでしょうね!?」

「アイネ？　考えが飛躍しすぎだよ。君が寝ている間に、少し話しただけだ」

「そうそう。その通り。いやはや、リュノアとは話が弾んでしまってね。中々、彼はどうしてか話しやすい人物だよ」

レティがからかうような表情で言うと、より一層アイネは眉間に皺《しわ》を寄せた。……意外と嫉妬深いのか。

「レティ、あまりふざけないでくれ。アイネが本気にする」

「可愛《かわい》らしくていいじゃないか」

「な、二人して馬鹿にしてるの……!?」

「『可愛い』は褒《ほ》め言葉だと思うんだけれどねぇ。ま、話を戻そうか」

レティはそう言って、先ほどの僕との話をアイネにも語った。自身が病気であるために、望んで『転生体』となった経緯だ。人格の切り替えについては、特にアイネも驚いていたが、同時に納得している部分もあるようで。

「……なるほどね。確かに、私であるはずなのに、私じゃないみたい……って言えばいいのかしら。私の場合は、こういう感じだけど」

「すでに君と融合しつつある魔族の魂の記憶が蘇らなければ、まあ人格への大きな影響は少ないと言えるだろうね。ただ、一つだけ忠告はしておこう」

「……忠告？　何よ？」

「あの時は仕方なく君を頼ったが、極力『色欲の魔剣』は使わない方がいい」

「！」

その言葉に少し驚いたが、同時に納得もあった。『色欲の魔剣』を使って、アイネに最初の変化が訪れたのだ。

それを使い続ければ、さらに変化が起こっていく、というのは自然な流れだ。

「ま、説明は必要ないだろうけれど、使いすぎればそれこそ『戻れなくなる』。君は確かにアイネ・クロシンテだが、魔族の記憶が戻ってしまえば、君はアイネであってアイネでなくなったままになる。今はまだ、アイネとしての記憶があるからこそ、君は君の心に従って行動できるが、果たして記憶が戻ったら——どうなるかは分からない。いや、君の中に眠る魔族のことを考えれば、まず敵になると考えていいだろうね」

「……アイネの中にいる、魔族のことは知っているのか？」

「まあね。けれど、今は『彼女』について論じる時ではないよ。余計な不安を煽《あお》ってしまって悪いが、一先《ひとま》ずは『色欲の魔剣』の使用については制限した方がいい。使わざるを得ない時は、迷わず使った方がいいけれどね」

使えば使うほど、アイネはアイネでなくなる可能性がある——だが、それで使うことを渋れば、危機に陥った時に助からない。一層、僕がアイネを守れるようにならなければ。

アイネの『色欲の魔剣』は壊れない、という利点はあるが、少なくとも僕はもうそれには頼らないことにした。

アイネもレティの話に納得して、素直に頷いている。

「さて、これからについて話したし、ボクについても話した。後は一先ず——適当に話しながら、親睦でも深めるとしようか」

「……は？」

途端に『親睦』などという言葉を口にしたために、アイネが間の抜けた声を漏らした。

僕も、いきなりそんな流れになるとは予想していなかったが。

「いや、親睦って……急に何よ？」

「いやいや。これからボクらはともに強敵と戦う『仲間』だよ？　ここで仲良くせずにどうするのさ。さあ、まずは君達の馴れ初め《なそ》でも——」

「な、馴れ初めって……私達は別に——って、何でそんなことをあんた達に話さなきゃいけないのよ！」

「あははっ、そんなに怒らないでくれよ。可愛いな」

光景だけで言えば、年下にからかわれている状況になってしまうのが、何とも言えないところだった。

ルリエはただ、少し申し訳なさそうな表情をしている。

こんな流れで、まさか彼女達と『親睦会』が始まることになるとは思わなかった。

＊＊＊

「――なるほど、リュノアとアイネは昔からの幼馴染《おさななじみ》だったわけか。いいね、幼馴染同士というのは仲良さそうで」

「まあ、同じ村で育ったし。一緒にいた時間も長かったから」

結局、僕がレティとルリエに対し、アイネとの関係を話すことになっていた。

アイネはというと、少し不機嫌そうに離れて外の方を見ている。レティにからかわれたのが不服だったのか、ああなってしまうとすぐに機嫌はよくならない。

レティもさすがに反省したのか、僕の話を聞いているうちは特にふざけるような様子もなかった。

「けれど、君は『二代目剣聖』と呼ばれるほどの実力者だと言うのに、これといって特別な出自でもないんだね」

「一部の人がそう呼んでるだけだよ。それに、『剣聖』だって特別な出自だとは聞いたことはないが」

「特別とは言いませんが、彼は南方では比較的知られた場所の出身ですよ。小さな集落ですが、そこのほとんどの人間が『戦い』を学び、ある程度の強さを目指します」

「そんな場所があるのか」

「ああ。はっきり言って、そこで暮らす人々は子供でもそれなりに強い――が、『剣聖』と呼ばれたオーヴェルはその中でも別格だ。剣術においては、彼の右に出る者は知らないね」

オーヴェル・スヴィニア――それが、『剣聖』の名前だったはずだ。

僕は面識もないし、相手が僕のことを知っているかも分からない。オーヴェルは一応、初めて『Sランク』として認められた冒険者なのだが、僕が冒険者として活動を始めてしばらくしてから、めっきりその活躍を聞かなくなってしまった。

それがまさか、ルリエ達に協力して今は『ラベイラ帝国』に囚《とら》われているとは。

確か、娘も一緒に囚われているという話だ。

「そのオーヴェルさんの娘も剣士なのか？」

「はい。オーヴェルさんに剣を習い、彼女もまた実力者です。まだ十五歳前後ですが、あの年代なら十分すぎるほどかと」

「そんなに強いのか」

「まあ、強いと言ってもオーヴェルほどではないよ。才能も、はっきり言ってしまえばそれほどあるわけじゃないとボクは思う。努力家ではあるけれどね」

レティはあまり包み隠さないというか、結構辛辣《しんらつ》なことを言うタイプだった。彼女的には褒めているつもりなのかもしれないが、本人に『才能はない』などと言えば傷付くだろう。

「どうして、二人は帝国に捕まったんだ？　話を聞く限りでは、特にオーヴェルさんがいれば問題ないように思えるけど」

「当然、オーヴェルだけなら問題なく逃げられただろうね。けれど、さっきも言った通りさ——娘はオーヴェルほどじゃないんだよ」

「……オーヴェルさんの娘——シンファさんですが、彼女はアイネさんを逃がすために、騎士に扮して監獄の奥まで潜入したんです」

「！　それって、私を連れ出した騎士の中にいたってこと？」

アイネの話も出てきたためか、彼女が話に割り込むように入ってきた。

アイネの問いかけに、ルリエは頷く。

「そうですね。正確に言えば、帝国の騎士団には数名、私達の協力者がいました」

「帝国の協力者……よく見つけられたね」

「ま、彼らとて全てが上の意思に従っているわけではないからね。アイネは『騎士殺し』

の罪を着せられたわけだが、当然その調査や処罰に納得していない者もいたわけだ」

「……」

アイネは複雑そうな表情をしていた。彼女にとっては、誰も助けてくれない状況だったのだろうが、やはり味方はいたようだ。

騎士の時の話はあまりしないし、ひょっとしてあまり仲のいい相手もいないのかも……と思っていたが、こういう話を聞くと僕は少し安心する。

「そこでアイネを逃がすことには成功したわけだが、結果的にシンファが捕まった。当然、シンファを人質に取られたオーヴェルも、帝国に従わざるを得ない状況になったわけさ」

「そういうことか」

いくらオーヴェルが強かったとしても、娘を人質に取られてはどうしようもないだろう。

僕だって、アイネがもしも人質になるようなことがあれば――従うほかないと思う。

「ボクらの計画としては、アイネを一先ず帝国の外に逃がす――つまり、裏のルートで奴隷として売りに出して、後から教会で保護をする予定だった。でも、シンファとオーヴェルが捕まったことで、本来はアイネの行方《ゆくえ》を追う予定だったオーヴェルが計画から外れてしまってね。ボクらも何とか助け出そうとはしたが、下手をしてボクらまで捕まってはどうしようない状況だったのでね。結果として、アイネの行方とオーヴェル達を諦めることになった」

「……じゃあ、あんたらは初めから私のことを知っていたってことなの？」

「ボクらが知っていたことは、『帝国』には『色欲』ともう一つ――『傲慢《ごうまん》』がいるということだけだったけどね」

アイネの問いかけに対し、レティが答えた。『色欲』はアイネのことだが、もう一つは初めて聞く。おそらくは人物ということでいいのだろうか。

「……『傲慢』？　それも魔族か？」

「そうだよ。正確に言えば、『傲慢』が『色欲』を手に入れて、どうにかその力を解放しようとした……と言うべきかな？　ま、彼はその名の通りに傲慢な男でね。多くの魔族の魂を食らってきた危険な奴《やつ》だよ」

「！　魂を食らう、だって？　それはどういう……？」

「レティ、その話は」

ルリエが咄嗟に、話を遮《さえぎ》った。聞かせるべきではない、と言いたげな様子だ。

「うーん、ボクも話すべきか考えたんだけれど、結局のところ、アイネは『色欲』に適性があったわけで。すでにボクらとの関わり合いがあるからね。まあ、魔族がどういう存在なのかは以前話した通り。数百年以上前にいた一つの種族であり、すでに滅び去ったと言える者達だ。ボクら魔族はね――同じ魔族の魂を食ってより強くなれるんだよ。いわゆる『共食い』だね」

レティは随分と軽い口調で話すが、それは衝撃的な内容であった。魔族は魔族の魂を食らい、強くなる――自《おの》ずとその数を減らし、滅び去っていった理由まで分かってしまう。

「魔族同士、魂を食らい合ったのか」

「まあ、そういうことになるね。『転生法』はただ魔族として生き延びるための術だけでなく、魂を保護するための役割もあるのさ。眠っている間は、他の魔族も手を出せない状況だったわけだけど……『傲慢』はついに動いたわけだ。同じく生き残った魔族を食らうために、ね」

「それってつまり、私に『性属の首輪』をつけて、魔族の力が目覚めたら殺すつもりだった、ってことじゃない！」

「簡単に言うと、そうなるね。ボクとアイネが狙われている理由はシンプルにそこだ。『傲慢』の奴はおそらく、騎士団の奴らには『逃げた犯罪者を追っている』とか、中には『古い伝承の力を目覚めさせる』……とか、そいつが興味持ちそうな話を持ち出して、動かしていたんだと思うよ」

レティの話を聞いて、確かに覚えがある点はあった。

ジグルデは『魔剣』の話もある程度知っていたようだが、ダンテに至ってはただルリエとアイネを追っていただけのようで、詳しく話は聞かされていない様子だった。

つまり、彼らに命令を下していた人間こそが、僕達が倒すべき相手、ということになる。

「……その『傲慢』が誰か、分かっているのか？」

「残念ながら、誰かまでは特定できていない。会えばすぐに分かるんだけど、ボクは下手したら会ってすぐに食われる可能性もあるからね。逃げに徹すれば分からないけど」

「……私、とんでもないことに巻き込まれてるじゃない」

アイネがぽつりと、小さな声で呟いた。はっきり言って、彼女が一番の被害者であることは違いない。騎士になるために帝国に行ったのに、帝国の陰謀に巻き込まれるどころか、魔族などという、伝承のような話まで出てくる始末だ。

「『傲慢』が君に適性があることに気付いたんだろうね。おそらくはそれなりに地位のある者で、かつアイネとは一度会ったことがある人物なのだけれど、心当たりはないかな？」

「地位があって、私が会ったことのある人物……？　貴族や王族には、何人か会ったことはあるけど」

「たぶん、その中の誰かだろうね。ま、どうしてこの話を君達にするか悩んだかと言えば——今回の目的である『剣聖』救出に繋がってくるわけだ」

「……？　この話が、どうして『剣聖』に繋がるんだ？」

「それは単純だよ。ボクの知る限り、オーヴェルは最強の男だ。それこそ、『傲慢』を倒せるだけの実力がある、とボクは見ている。奴に力を与えず、かつ奴の正体を見極めさえすれば……後は分かるね？」

レティの言いたいことは早い話、オーヴェルは彼女達にとって最高戦力であり、『傲慢』に対抗する切り札というわけだ。

「あくまで君達は巻き込まれただけだからね。オーヴェルさえ助け出せれば、後はボクらで何とかするさ。だから、わざわざ下手に多くを語って、怖がらせる必要もないかと思って」

「べ、別に怖いなんて思ってないわよ。それに何とかって……あんただって、狙われてるんでしょ」

「もちろん、狙われているからこそ抵抗するし、何より『傲慢』は危険だ。転生法を使える魔族は、かなり長い時間を生きられると言っても過言ではない。ただ転生するだけなら、別にボクだって彼を咎《とが》めたりはしないが、彼は間違いなく『支配者』になることを目的としている。ボクもそうだが、彼が転生体を得ているなら、その人間を殺すだけでいいんだからね」

はっきりと、レティの目的が分かった。

『傲慢』と呼ばれる強大な魔族を、殺そうとしているのだ。

＊＊＊

アイネとリュノアの目的は変わらず、首輪を外すことにある。

だが、関わりのあるはずのレティですら、この首輪を外す方法は分からないと言う。

首輪を外せない以上は、帝国側にいると思われる『傲慢』という魔族に狙われ続ける――その傲慢を打倒するために、『剣聖』を救い出す必要があるのだ。

傲慢を倒すことができれば、一先ず帝国から追われる心配もなくなり、首輪を外すことに専念できるようになる。

レティ達との話を終えて、これからの動向は決まった。

帝国に向かって、剣聖を助け出すこと――やることは実にシンプルだが、アイネにとっては複雑だ。

久しぶりに向かう帝国では、アイネはおそらく罪人として扱われているし、騎士団でもそう広められているはず。

騎士にはもう戻れないとしても、せめて自らに被せられた罪だけでも、どうにか晴らすことはできないだろうか。

だが、帝国内で下手に動けば危険なことは、アイネだってよく分かっている。

敵がどこにいるかも分からないし、帝国外ですら、いつ襲撃されるかも分からない状況なのだ。

ただ、あまり怖いとも思わない。これがリュノアと一緒にいる、という理由であるのなら、全く問題はない。

(……でも)

アイネは何となく、違う気がしていた。レティの言っていた人格への影響が、普段にも出ているのではないか、という考えがアイネの中にはある。

リュノアと行為に及ぶのだって、恥ずかしいと思う気持ちはあるが、同時に強く期待もしてしまっている。

果たして、この気持ちが全て本当に自分のものであるのか――自信を失ってきたのだ。

けれど、そんな状態にすら、アイネは不安感を抱かないし、抱けない。あるのは嫌悪感だけだ。

「ふぅ……」

小さく溜め息を吐《つ》いて、アイネは自室のベッドに腰掛ける。

リュノアは少し身体を動かすと言って、外へと向かった。いつもならついていくところだが、アイネも少し考える時間がほしくて、一人になるのを選んだ。

しかし考えたところで、何かが変わるわけではない。結局のところ、帝国ですべきことは『剣聖』の救出なのだから。

「それで助け出したら、私達はどうするんだろう」

目先のことは話したけれど、その先のことはまだ話し合っていない。

首輪の件は、結局のところ解決する方法が見つかっていないのだ。

だから、助け出したから――アイネがどうにかなる、というわけでもない。

さらに言えば、果たして『魔族』のことを知って、後はレティ達に任せっぱなしにできるのか、という点。

当然、アイネとしては帝国の貴族や皇族に魔族がいる、という話は見過ごせないものであった。

元々、帝国で騎士をしていた身で、今の状況に陥ったのも魔族が関わっている――そういう理由もあるが、権力のある者の中に紛れ、人を陥れることを平気で行うような相手だ。

（……魔族の件を解決すれば、私の潔白の証明にもなる？　でも、この件に深く関わるのは……）

頭を過《よ》ぎるのは、リュノアのことだ。

彼に言えば、きっと賛同してくれるだろう。

アイネのことを常に優先してくれるから、アイネが望むことを何でも肯定してくれる。

けれど、アイネの身に危険が及ぶことになれば、途端にリュノアは意固地になってしまう。

リュノアはああ見えて頑固なところがあるし、帝国に行くともなればいよいよアイネのことを中心に考えるようになるだろう。

（けど……）

本当は――隣に立っていたい。

お互いに心配するのは当たり前だけれど、アイネはリュノアと対等な関係になりたいのだ。奴隷になって、それは望んではならないことだと以前は思っていたけれど、今は違う。

アイネにとって、目指すべき明確な目標なのだ。

「リュノア」

ポツリと、ここにはいない彼の名を呼ぶ。気付けば、リュノアのことばかり考えてしまっていて――何となく、『したく』なってしまっていた。

リュノアが常に傍にいるから、最近はあまり一人ではしなくなっていたのだが、自慰行為も決して嫌いではない。『好き』だと認めることはしないが。

「大体、リュノアが私のことばっかり考えるから、悪いのよ……」

自分のことを棚に上げながら、アイネはちらりと窓から外を眺める。

丁度、宿の外にはリュノアの姿があり、剣を振るう彼の姿が見てとれた。

見られていることに気付いたようで、リュノアはこちらに手を振っている。

アイネは振り返しながら、椅子を窓際まで持ってきて、リュノアの剣術の稽古の見学を始めた。

「……んっ」

同時に、自身の右手を下腹部へと滑り込ませる。

理性では、こんなことをしてはいけないと分かっているはずなのに——アイネの身体は自然と動いてしまう。

(これも、首輪のせい……？　そう、そうよね。だって、リュノアを見ながら、自慰をする、なんて……)

真面目に一人で考え込むつもりだったのに、何をしているのだろう——アイネは自分自身に呆《あき》れながら、動かす手は止められずにいた。

「はっ、ふ、ぅ」

稽古をするリュノアを眺めながらするのは、とても背徳的でより興奮してしまうのだ。

「っ」

アイネが自身の秘部へと手を伸ばし、弄《いじ》り始めてから濡れるまでそれほど時間は掛からなかった。

マッサージするかのように軽く上辺を揉むようにしながら時折、人差し指で軽く引っ掻《か》くような動きをするだけで、徐々に愛液が溢《あふ》れてくる。

以前は、こんなにすぐに感じるような身体ではなかったはずなのに、いつの間にか変わってしまったのだろうか。

濡れた人差し指に軽く親指で触れると、ぬるりとしていて糸を引いた。

ちらりと、アイネは窓の方に視線を送る。

リュノアは真剣な表情で剣を振るっていた。本来なら怪我を癒すはずの場所で、また深手を負った彼だが、動きを見れば分かる。かなりよくなってきているようだった。

(リュノア、やっぱりかっこいいな……)

剣を振るう姿はいつ見ても、惚れ惚れとしてしまう。

かつてはひ弱な男の子だと思っていたが、日頃からリュノアの裸を見ているアイネにはは分かる。

筋肉質ではないが、無駄はなく引き締まった身体つき。そんな身体に、ほとんど毎日のように抱かれているのだ。

「はっ、んっ」

そのはずなのに、リュノアに抱かれた時のことを思い出して、今は自慰に耽《ふけ》っている。

(そうだ。私、いつもリュノアと……)

幾度となく身体を重ね、行為に及んできたというのに――改めて考えるだけで、興奮してきてしまう。

あまり激しくすると、音が外まで聞こえてしまうかもしれない。

だから、いくら濡れてきても指の動きはゆっくりとしたものだった。中指を膣内へと滑り込ませ、指圧をするように力を入れる。

身体が少し緊張するかのように強張り、下腹部の奥の方に刺激を感じた。

そのまま、もう片方の手は胸に触れる。

ここも、最近はよくリュノアに弄られる場所だ。

焦《じ》らされるのが好き、というのは見透かされているようで——いつも否定はしているが、リュノアはしっかりと時間を掛けてくる。

アイネは乳首を指で挟むようにしながら、軽くコリコリと刺激した。

「っ、ふぅ」

小さく息を吐き出す。乳首の刺激が、そのまま秘部まで伝わってくるかのようだ。

（リュノアが、いっぱい弄るから、ここも変になっちゃったじゃない……）

横目で少し睨《にら》むような視線をリュノアに送りながら、アイネはそれでも手の動きは止めなかった。

乳首の刺激に合わせて指を動かすと、気持ちよさが重なるようにしてやってくる。油断すると、失禁してしまいそうだった。

さすがに部屋で漏らしてしまうのはまずい——アイネは分かっているのに、その『スリル』すら快感へと変えてしまう。

「あっ、んっ、はぁ……！」

だんだんと、声を抑えられなくなってくる。

リュノアが真面目に稽古に励んでいるのに、自分は何て浅ましいことをしているのだろう。

そう考えれば考える程、動かす指が止められない。

いっそこの場で、罵《ののし》ってもらった方がより強い快楽を得られるかもしれない。

そんなことさえ、考えてしまう。

リュノアはアイネを罵るような真似はしないだろうが——想像はできる。

「ちが、うの。んっ……私、ただ、あんっ」

「稽古に励んでいる時に何をしているんだ」と言われた想像をして、自身を昂《たかぶ》らせる。

やはり、心の中でもリュノアはアイネのことを強くは罵倒してくれないが、少し冷たい視線を向けられる妄想はできて、それがまた刺激になる。

溢れ出る愛液が指の滑りをよくしてくれて、気付けば二本の指が簡単に膣内へと滑り込むようになっていた。

出し入れするたびに勝手に腰が動いてしまい、呼吸はどんどん荒くなっていく。

さすがに、このままリュノアに表情を見せていたらバレてしまう——アイネは椅子の背に身を任せるようにして、外から顔が見えないような格好になって座った。

足を大きく開き、つま先を立てるようにすると、より一層強い快感が得られる。

どうすれば気持ちよくなれるのか。そんなことばかり考えて、自身の指の動きを速めていく。

「あっ、はぁ、ふっ、ふっ――んあっ」

乳首に軽く爪を立てるようにしながら、カリカリと引っ掻くと、下腹部がどんどん切なくなってくる。指の刺激も合わさると、過剰とも言える快楽に溺れそうになってしまうほどだ。

（ダメ、そろそろ止《や》めない、と……）

これ以上すると、本当に漏らしてしまいそうな感覚があった。

理性ではまずいと分かっているのに、指は全く止まってくれない。自分の身体なのに言うことを聞かないようで、どんどん強い刺激を求めてしまう。

だが、終わりは比較的すぐにやってきた。

「ん、あっ、あっ、イッ、ん――」

ビクンッ、と大きく身体が痙攣《けいれん》するように跳ねる。大きく肩で呼吸をしながら、失禁するような感覚に酔いしれた。

「はあ、はあ……ふっ」

ゆっくりと指を抜き取ると、すっかりと愛液に塗《まみ》れた指があった。

椅子どころか床や服まで汚してしまい、強い後悔が押し寄せながらも、アイネは今の余韻に浸る。

「私、やっぱり変態なのかな……」

ポツリと、空を見上げるようにしながら、アイネは小さな声で呟いた。

アイネはすぐに部屋の片付けをして、しばしベッドに横たわっていた。

さすがに、あのまま放置していては部屋の汚れとなってしまうし、リュノアにもバレてしまうかもしれない。

冷静になると、ちょっとした後悔もやってきた。

(本当に、何してるんだろう、私……)

リュノアは外で剣の修行をしているというのに、一人で部屋に残って自慰に耽るなど。

今までなら、絶対になかったことだ——そう言い切りたいのに、現実はそうはならない。

間違いなく、アイネの意思でやっているのだから。

「……はあ」

「溜め息を吐くと幸せが逃げると言うよ?」

「!?」

不意に声が聞こえてきて、アイネは身体を起こす。いつの間にか、椅子に座るレティの姿があった。

「あ、あんた——いつ、入ってきたの?」

「ご心配なく。たった今、ここに来たばかりだよ。部屋の入り口からね」

「……ノックくらいしなさいよ」

「お楽しみだったみたいなのでね」

「なっ、そ、そんなことないわよっ！　何言ってるの!?」

レティの言葉に、思わずアイネは過剰に反応してしまう。これではむしろ肯定してしまっているようなもので、くすりとレティは笑みを浮かべる。

「ははっ、まあ元気なのはいいことさ」

「……それで、どうしてここに？　リュノアなら外だけど」

「様子を見に来ただけさ。それに、さっきはあまり親睦を深められなかったからね」

「親睦って……別に、仲良しになりたいわけじゃないでしょ？」

「いや、ボクは君達とは仲良くありたいと思っているよ。さっきも話した通り、これから一緒に帝国に乗り込むんだ。信頼関係を築く必要はあるだろ？」

「そんな簡単に築けるのは、信頼とは言わないわよ」

アイネは警戒するように、レティに言い放つ。彼女のことを信用していないというわけではない。

ただ、最初に話した時から、どうも『そりが合わない』とは思っていた。

何故《なぜ》か分からないが、レティのことは一緒にいるルリエ以上に警戒してしまう。

「君の言うことも正しい。けれど——ここから先、本当の意味で命懸けになるからね」

「今までだって、そうよ。リュノアは、何度だって死にかけてるわ」

奴隷としてリュノアに買われてから王都で、その後はリュノアの活動拠点である町に移っても、帝国の刺客《しかく》に襲われたのだ。

そして、帝国からはかなり距離のあるこの温泉地にも、魔の手が忍び寄ってきた。

どこへ逃げても、帝国はリュノアとアイネを追ってくるのだろう。下手をしたら、大陸から離れてもやってくるのではないだろうか。

「けれど、君達は生きてここにいる。正直、戦力としてはかなり期待しているよ。何せ、ボクは戦えないからね」

「森でも戦闘は苦手とか言ってたけど、部屋に入ってくるまで私は気付けなかったわ。あんた、相当強いんじゃないの?」

ずっと疑問に思っていることだった。

最終的に、森でリュノアとアイネのことを助けてくれたのはレティであり、それが現状では協力関係を築くことができる理由になっている。

『怠惰の魔槍』の力を考えれば、十分に戦力にはなると踏んでいた。

「気配を消すなんていうのは、それこそ『弱者』が生き残るために身につける術だよ。さっき話したけれど、ボクの身体は病弱だ。それに、君のように身体を鍛えているわけでもない。君は元々剣士として優れた実力を持っているから、『色欲の魔剣』での戦闘を可能にしているのさ」

「あんたは魔族としての記憶だってあるんでしょ？　槍の使い方くらい、分かるんじゃないの？」

「ボクの得物だからね。使い方くらいは心得てるさ。けれど、それだけじゃダメだ。使い方が分かっていても、肉体があまりに貧弱すぎる。ボクより少し体格のいい男に殴られでもしたら、一発で終わりだよ。むしろ、ボクが殴ったら自分が骨折するかもしれない。森での戦いだって、ボクは一撃でも受けたらほとんど行動できなくなっていただろうね」

「つまり、記憶があっても身体は普通の女の子だから、無理はできないってこと？」

「そういうことだね。ちなみに、森で君を抱えたのもそこそこ気合いを入れて頑張ったくらいだよ。ボクも、戦えるならそうしたいところだけどね」

レティはそう言って、肩を竦《すく》めた。どこか掴《つか》みどころがなく、彼女ははっきり言ってしまえば信頼には値しない――が、言っていることは理解できる。

これから、共に帝国へと向かう仲間であることも間違いないのだ。

裏でアイネのことを救おうと画策していた、という話もある。

「まあ、あんたが戦えようが戦えなかろうが、やることは変わらないわ。少なくとも、今は人並み程度には信頼してるわよ」

「そうかい？　ならよかった。ボクは主に君達のバックアップに回る予定だからさ。とにかく、一緒に頑張ろうじゃないか」

ひらひらと手を振って、レティは部屋を出ていく。

結局、彼女は本当にアイネと話に来ただけらしい。

レティがいなくなった後、アイネは再びベッドに横になって、天井を見上げた。

「帝国、ね」

小さく呟いて、拳を握り締める。――アイネの心境は複雑で、自分でも言葉では言い表せないものだった。

リュノアの前では強気でいられるが、一人になると途端に心細くなってしまう。

何事もなく……というのはあり得ないかもしれないが、無事に目的を達成できることを願うばかりだった。

＊＊＊

翌日、話をした通りに僕達は『リディン』の町を後にして、ラベイラ帝国へと向かっていた。すでにレティの方で馬車を手配していたらしく、四人で同じ馬車に乗って移動している。

ただでさえ帝国から離れたところにいるし、到着には時間がかかるだろうが——その間にも身体を休めておくように、ということだろう。

実際、僕も戦える程度にまでは快癒《かいゆ》しているが、これから向かうのは敵の本拠地だ。

何が起こるか分からないし、万全の態勢で臨むべきだろう。——と、初めの頃は警戒していたのだが、数日経っても刺客がやってくることもなく、『嵐の前の静けさ』とでも言ったところだろうか。

道中で魔物に襲われる程度のハプニングはあったが、その程度のことは町の外にいれば往々にして起こり得るものだ。

間もなく帝国の領地、というところまで馬車はやってきていた。

「確実に敵の一人や二人、来るとは思ってたんだけど」

アイネもポツリと、そんな言葉を口にする。やはり彼女も僕と同じ考えだったようだ。

「そうだね。怪我の治療で足止めも受けていたし、警戒は今もしてるんだけれど……」

「一応、考えられる理由はあります」

不意に、ルリエが口を開いた。

「理由とは？」

「リュノアさんは帝国の『英雄騎士』を二人倒しています。わたくしが始末したのは一人で、始末し損ねたもう一人も、しばらく動けるような状態にはありません」

「つまり、戦力が不足している？」

「帝国側も、下手な相手を送ったところで、リュノアさんに勝てるとはもう思っていないでしょう。こちらの動向がどこまで掴まれているのか分かりかねますが、戦力を温存したいという可能性もあります」

「そうね。帝国にいる英雄騎士は八人だから、残りは四人ってところかしら。さすがに、全員が私を狙って動くとも考えにくいし」

「そうなのか？」

「英雄騎士っていうのは、皇族に仕える直属の騎士なのよ。だから、ちょっと気掛かりなのは……」

アイネはそこで、視線を逸らして黙ってしまう。彼女の代わりに言葉をつづけたのは、レティだった。

彼女は不定期に眠りに就いており、長い時には三日以上起きないこともあるほどだ。

今は目覚めているが、アイネ以上に不安定であり、強さはともかく戦力に数えるには怪しい、というのは間違いない。

「英雄騎士の指揮系統が現在どうなっているか不明だけれど、皇族がアイネを狙っている可能性が高い――そういうことだね」

「！　皇族がアイネを？　なら――」

「はっきり言って、可能性としては十分にある。皇族の誰かが『傲慢』と同化している、ね。ただ、これはあくまで可能性に過ぎないし、皇族は協力者という立ち位置を取っている可能性だって否定できない。だから、むやみな予想は口にしないことにしているのさ」

察するに、敵の目星はある程度ついているが、確証がないといったところか。

確かに定かではない以上、滅多なことを口にするのは混乱を招くことになるが、少なくともアイネを狙った英雄騎士が皇族に仕える立場であるのなら——僕にとっては敵であることには違いない。

だが、本当に皇族が敵であったとすれば、話はそう単純にはならない。

今までだって帝国の騎士に襲われてきたが、皇族を斬るような行為に及べば、それこそ帝国全体を敵に回すことになるかもしれない。

アイネを守るためならば、僕は帝国全体を敵にしたって構わない——そう思っているが、おそらく被害は僕達に関わりのある者にまで及ぶことになるだろう。

もしかしたら、その点を含めてレティは敵に関して話そうとしないのだろうか。彼女は『剣聖』を助け出し、『傲慢』を倒すのが目的だと言っている——つまり、僕達にはあまり関わらせようとしていない、というわけだ。あくまで、僕の憶測ではあるが。

「ま、敵が来ないのは平和でいいことさ。どうあれ、『剣聖』を助け出すとなれば、戦闘は避けられないだろうしね」

「そう言えば帝国が目的地なのは聞いてるけど、『剣聖』がどこに囚われてるか知ってるの?」

アイネが疑問を口にする。あくまで帝国に向かう、という点については分かっていたが、確かに詳細の場所までは聞いていなかった。

「『剣聖』の居場所については、分かってはいないね」

「じゃあ、どこに向かうつもりなのよ?」

「ボクらが目指すのは、帝都から少し離れたところにある監獄だ。アイネ、君もそこに収監されていただろう?」

「っ」

レティに問われ、アイネはわずかに表情を曇らせる。思い出したくないことに違いない

――彼女が強く拳を握るのを見て、優しく手を重ねる。

「リュノア……?」

「大丈夫だ。今は僕がいるから」

「……そうね。うん、ありがと。じゃあ、その監獄に行く理由っていうのは?」

「言っただろう。『剣聖』には娘が一人いる、と。彼女も監獄に囚われているんだけれど、彼女を助け出さない限り、『剣聖』をこちら側に引き込むことはできない」

「前に言っていたね。つまり、人質を助け出すのが最優先ということか」

僕がそう言うと、レティは頷いた。

「その通り。ボクらは今から――帝国でも屈指の警戒態勢を敷いている、『アルゼッタ監獄』に向かうわけさ。少し前までなら脱獄の手引きくらいはできただろうけれど、アイネを逃がした時にその手はバレてしまったからね。今回は同じ手は使えない」

「忍び込めないなら、作戦とかあるわけ？」

「あるにはある――が、リュノアが同意してくれるかどうかだね」

「僕に何かさせたいのか？」

「まさか……」

レティの言葉を受けて、アイネの表情が一層険しくなった。

レティは悪びれる様子もなく、言い放つ。

「すなわち、『囮《おとり》』が必要だ。強い者が監獄を襲撃すれば、それだけ人員が割かれることになる。そのわずかな隙を突いて、シンファを救い出すんだよ」

作戦としては、実に単純なもの。僕が囮となって時間を稼いでいるうちに、監獄内に潜入して助け出すということだ。

「だ、ダメに決まってるでしょ!?　そんなの！」

声を荒らげたのはアイネだった。席から立ち上がり、今にもレティに食って掛かりそうなところを、僕は制止する。

「アイネ、落ち着いて」

「落ち着けるわけないでしょ！　むしろ、あんたは何でそんなに冷静なのよ！　囮に使うって言ってるのよ!?」

「今の戦力で考えるなら、それが最善ってことだろう。『剣聖』の娘――シンファを救い出すのに」

「最善、とは言わないが、今の戦力で考えるならそうせざるを得ないね。生憎《あいにく》と、ボク達も現状ではこれより多くの戦力の確保はできない。だから、リュノアの同意があれば、という話になる」

「他の作戦だって考えてるんじゃないの！」

「アイネさん、一度お座りになってください。馬車も動いていますし、あまり騒ぐのは」

ルリエがアイネに言うと、さすがに彼女も現状を理解しているからか、大きく息を吐き出して席に戻った。彼女達だけでシンファを救い出せるのなら、僕達に頼らずとも、とっくに実行しているだろう。

「ルリエさんの所属しているカーファ教会から、援軍はいないのか？」

「すぐにこちらに来られるメンバーはいません。正確には、もう一人いたのですが……」

「まさか、帝国に殺された？」

「いえ、おそらく彼も同じように監獄に囚われているかと……」

「単独で助けに行って、結局捕まったバカがいるのさ。そいつがここにいれば、囮役を頼むところだったんだけどね」

　レティとルリエの様子を見るに、頼れる者はもういない、という感じだ。

　僕は帝国の方に知り合いはいないし、アイネはむしろ追われる身。つまり、監獄破りはこの四人で何とかするしかない。

「……で、リュノアを囮にする以外の作戦はないわけ？」

「前に話したと思うけれど、帝国の騎士に数名の協力者がいる。彼らはまだ捕まっていないし、連絡は取っていないが、もう一度協力を仰げる可能性はある」

「なら――」

「だが、アイネを逃がすために使った手法と限りなく近いからね。さすがに帝国だって馬鹿じゃない。もう一度、同じ手で内部に潜入するのは難しいだろうね」

「帝国側の戦力が手薄になってる今、僕なら時間は稼げるってことか」

「そういうことさ。はっきり言えば、リュノアは単独で帝国最強のダンテを倒している――彼を超える戦力は、把握している限り帝国にはいない。監獄は確かに厳重な警備が敷かれているが、リュノアほどの実力者が攻め入ってくることまでは想定していないだろう」

　当たり前だが、僕が一人で監獄に攻め入ったところで多勢に無勢。中に侵入することまでは難しいだろうし、囲まれたら実力差があったとしても危険だ。

だからこそ、僕が適任だろう。囮として十分に引き付けることができ、かつ時間を稼げるのだ。

自分の実力を過信しているわけではないが、メンバーで考えれば必然的だ。

アイネにこの危険な役目を負わせることはできないし、ルリエは一対一に特化した戦闘力。レティはそもそも期待できないと考えると、四人というより、監獄の囮として一人、潜入は二人の合計三人というところか。

一つの国の監獄を破るには、あまりに戦力としては少なすぎるようにも思えるが、向こうに実力者がいないのであれば、不可能とは言わない。

「どうあれ、シンファを救い出すことができれば、『剣聖』はこちら側に戻ってくるんだよね？」

「その通り。後は帝国内で合流できれば、形勢は一気にこちらに傾くと言ってもいい」

「そこまで言い切れるほどか」

「こうして無謀な人数で挑むくらいには、ね。もっとも、ボクはこのメンバーなら無謀ではないと思っているが」

「そうだね……」

僕はアイネの方に視線を送る。彼女は不機嫌そうな表情のまま、僕達の話を黙って聞いていた。一応、アイネには確認を取る。

「僕はレティの作戦に乗ろうと思うんだけど、どうかな？」

「……私は最初に言った通り、反対よ。リュノアを囮にするなんて」

「僕はむしろ、君の方が心配だ」

「はあ？　どうして私の心配なんてするのよ」

「今の作戦だと、アイネとルリエさんは監獄内に潜入するんだろう？　なるべく、戦力はこちら側に引き付けるつもりだけれど、それでも中で戦闘は避けられないかもしれない」

「……っ、あんたの方がよっぽど危ないわよ！　監獄内っていうのはね、誰かが忍び込んでくることは想定してないの。中にいる人間を外に出さないように、してるんだから」

「一番、危険な役目を担うのはリュノアさんなのは、間違いないです。アイネさんのことは、わたくしがお守り致しますので」

「……あんたに守られなくたって、自分の身くらい自分で守るわよ」

「――つまり、作戦としてはこの方向で決定、ということでよかったかな？　ボクは少し離れたところで待機させてもらうけれどね」

「正直、あんたが働かないのが一番癪《しゃく》なのよね。まあ、理由があるから仕方ないけど」

「あはは、すまないね！　ま、ピンチになったらボクだって多少は無理をするよ」

　方向性としては、これで決定した。

僕が監獄の前で囮となり、アイネとルリエの二人でその隙に内部に潜入し、シンファを救い出す。

僕よりも、いかに二人が早く救出してから脱出までできるか、というところが重要な作戦な気がした。

アイネを行かせることの方が、僕としては反対したい。

ただ、どうあれ僕が囮になるのであれば――いっそ大暴れでもした方が、アイネの身は安全になるはずだ。彼女を守るためなら、たとえ国だろうと敵に回すと誓った。

だから、僕は僕にできることをするだけだ。

「反対していたのに、すまない」

「謝らないでよ。別に、リュノアが悪いわけじゃないし。私がワガママ言ってるのだって、分かってる。ここで嫌がるのなら、初めから帝国にだって行かなきゃいいって話になるし。協力するって決めた以上は……そういう作戦もあり得るだろうなって、本当は分かってたもの」

アイネは僕の方には視線を向けず、淡々とそう口にした。

実際に聞いて感情的にはなったが、アイネもある程度、予想はしていたのだろう。救出作戦となれば、必然的に敵の目を引き付ける囮役が必要になってくるのだ。

「でも、あんたが一番、危険なのは間違いないの。だから、無理だけは絶対にしないでよ？　危なくなったら、すぐに逃げて」

「君を置いて逃げるっていう選択肢は、僕にはないかな」

「っ、あんたは、もうっ！　そういう時は素直に『分かった』って言いなさい！」

「善処はするよ」

アイネは僕の答えに不服だったようで、結局僕の方には顔を向けてくれなくなってしまった。彼女を置いて逃げるなど、絶対にあり得ない――そうなるくらいなら、僕はアイネを逃がすためだけに全霊を注ぐだろう。

きっと彼女は怒るだろうが、そんな『最悪』なことは起こらないように、僕も気を引き締めなければならない。

帝国はもう、目と鼻の先まで迫っているのだ。

第二章

『ラベイラ帝国』の国境近辺——戦時でもなければ、警備はそれほど多く配備されていない。

もちろん、いくつか関所などはあるし、きちんと整備された道を進むのであれば、間違いなくどこかで検問を受けることになるだろう。

どちらかと言えば、帝国の領土に入るよりも、帝都などに足を踏み入れるのが難関と言える。

アイネの顔は少なくとも帝国の騎士達に知れ渡っているだろうし、帝国内部でどう処理されているのか分からないからこそ、下手に見つかるわけにはいかないのだ。だが、

「ふむ、国境近辺だというのに、随分と手薄だね」

レティが関所の方を見据えながら言い放った。関所から離れた崖の上から、彼女は魔道具を使って様子を確認している。

「普段と比べると、どうなんだ？」

「一概には言えないけどね。まあ、当然見える範囲ではそれなりにはいるけれど、付近を

哨戒《しょうかい》している部隊もいない。他国と交戦しているわけでもないから、そこまで警戒する必要はない……とみるべきか」

「少なくとも、わたくし達が帝国から出る際――ほんの数週間前までは、もう少し国境に騎士が配備されておりました。あえて手薄にする必要はありませんし、帝国内で何かあったのかもしれません」

「何かって、まさか私達が来ることがバレて、監獄の方に戦力を……？」

「いや、その可能性は低いとは思うよ」

アイネの言葉を、レティが否定する。

僕も、その点については同意だ。

「こちらの動きがバレていたとして、今の段階から監獄を襲撃するかどうかの判断はできないだろうね」

「あ、確かにそうね……。でも、帝国に向かってることがバレていたとしたら、あり得ない話ではないでしょ」

「少人数での監獄破りだ。さすがに、そんな無謀なことをしてくるとは向こうも想定していないだろうし、仮に想定していたとしても、国境の騎士達を動かす必要はないよ」

「じゃあ、ここを手薄にしてでもやらないといけないことが……？　私がいた頃には、少なくともそんな有事はなかったと思うけど」

アイネは元帝国の騎士だし、僕達の中では内情に詳しいだろう。

だが、彼女がいた頃にもなかったというのなら、僕達の知らないところで、何か大きな出来事が起こっているのかもしれない。

「ま、今のところは動きやすいし、こちらにとってはメリットのある状況だ。見つからないように帝都まで足を運べる」

「！　帝都に入るのか？　監獄に直接向かうんじゃなくて」

「多少の準備は必要だろう？　特にアイネが万全の状態であることが望ましいからね」

「私？　私は別に、怪我《けが》だってもう治ってるわよ？」

「そっちではなく、今は『発情』は起こらないが、定期的な発散は必要だろう？」

「あ、そういうこと――って、どちらかと言えばあんたの方でしょ!?」

「あはは、否定はできないね」

アイネが頬を紅潮させながら言うと、レティは笑いながら答えた。

アイネとレティのことがあるから、監獄に向かうタイミングを調整したい、という意味合いが大きいのだろう。

レティは監獄内に潜入するわけではないが、控えとして近くに待機することになる。その時に眠っていては、単独行動では完全に無防備だ。

アイネは発情しなくなったが、仮に行為を何もせずに、数日が経過した場合――どうなるかは分かっていない。

今のアイネには大きな変化は確認できないが、おそらく放置すると急激に『性属の首輪』の影響を受ける可能性があるのだろう。

アイネの中に宿る魔族の魂が、急激に侵食を始めるかもしれないのだ。

それを防ぐためにアイネの性欲をとにかく発散させなければならないわけで。馬車でこうして移動しながらも、時間を取っては解消させていた。

最後にしたのは二日ほど前だが、今日あたりにはどこかでしておいた方がいいかもしれない。

「帝都に入るのはかなりリスクを伴いますが、ルートは確保してあります」

「それは、帝都の検問に引っかからずに行ける、ということか？」

「はい、そこはお任せを」

どうやら、ルリエ達には独自のルートがあるようだ。まずは監獄に行く前に、帝都を目指すことになる。

「僕は行ったことはないが、アイネは騎士だったし、帝都には詳しいかな？」

「帝都も結構広いから、担当地区なら詳しくなるけど、全体ってなると微妙ね。まあ、一応何か起こった時のために、地下水路を近道にして通ったことならあるわ」

「地下水路か。王国にもあるね」

水を都全体に行き渡らせるために、地下に水路を造っているのだ。

王都の場合、そこに魔物が入り込むこともあり、冒険者ギルドにもよく魔物の討伐依頼があった。騎士が定期的に見回っているとはいえ、広い王都では中々全てを見回るのは難しい、というところだろう。

おそらく帝国でも、同じような仕事は冒険者ギルドで受けられる。

さすがに、今回は仕事をしている暇はなさそうだが。

「まあ、その辺りの話は帝都に到着したらしよう。今日のところは、関所は避けつつどこか泊まれる町か村を探すところかな。あまり小さい村だと、逆に目立つ可能性はあるけれどね」

「……というか、ルリエは目立ちすぎじゃない？　棺桶背負ったシスターなんて、どこに行っても注目されるわよ」

「ふふっ、逆に目立ちませんよ。みなさん、目を逸らしてくれますし」

「いや、それは違う理由でしょ……」

どう見ても目を合わせるとヤバいと思われているからだろうが、棺桶を置いていくわけにもいかないようだ。

レティは棺桶で眠りに就かなければ、再び目覚めることはできないとのこと。これは、アイネの『性属の首輪』に魔族の魂が宿っていたように、レティは棺桶に魂を宿らせていることに起因している。

曰く、融合はしているが完全な状態ではない、とのことだ。

「ご心配なく。目立たないように行動することには慣れておりますから」

「そう言うならいいけど」

「ボクを置いていかれても困るからね。さ、まずは今日の泊まるところを探すとしようじゃないか」

こうして、僕達は帝国の領内へと足を踏み入れた。


――帝国領内にある『ファーデリアの町』は、帝都から離れたところにあっても比較的発展しているように見えた。あるいは、他国との交流が多い場所だからかもしれない。

大きな荷物を載せた馬車などが目立ち、人通りもそれなりにあった。

そんな中でも、僕達は目立たないように行動をしていた。

さすがに四人で行動するには目立つ者も多いために、町中で行動する際に二手に分かれ、合流地点を決めておく、というような感じだ。

アイネはローブに身を包んでいるが、顔はベールを使って隠している。

いわゆる占い師のスタイルというもので、僕も王国内ではよく見かけることがあった。

フードや仮面などであえて顔を隠す方が、変に疑われる可能性もある――ならば、迂闊《うかつ》には隠さない形だ。

アイネは元々、帝国の騎士であったわけだし、彼女の顔を知っている者がいても不思議ではない。

一方、僕の方は顔を知られていない可能性の方が高い——目立たずに行動する、という点に変わりはないが。

「ここには二日滞在して、朝方には出るって感じよね？」

「うん。一応、裏通りの宿も確保できたし、町中を見て回るってわけにはいかないだろうけど、行きたいところがあれば行くって感じかな」

「なら、リュノアの武器は買っておいた方がいいんじゃない？」

「一応、温泉地で買った剣はあるけれど」

「あまりいい品揃えじゃなかったでしょ」

アイネの言う通り、今の僕が所持している剣は『繋ぎ』と言ってもいい。

ジグルデとの一戦以来、僕はまともな剣をまだ手に入れていない。

以前使っていた剣は硬度にも優れていて、僕としてはかなり使い勝手がよかった。

武器は脆《もろ》くては話にならないし、もちろん普通に売っている武器でもそれなりに頑丈ではある。使い手次第では長持ちするだろうし、普通に仕事をこなす程度なら、今の武器で問題はないだろう。

ただ、これから向かうのは監獄——そこにいるのは、数多《あまた》の騎士達だ。一本の武器で戦い抜くのは、中々難しいかもしれない。

もっとも、その場合は相手も武器を持っているのだから、倒した者から奪えばいい、ということになるが。

「まあ、いい武器があることに越したことはないけど、これでも問題ないと思うよ」

「ダメよ。せっかくここは他国との繋がりも多い町なんだし、リュノアの気に入る武器があるかもしれないわ」

「でも——」

否定しようとしたところで、アイネの武器についても考えた。

彼女はなるべく『色欲の魔剣』を使わないようにした方がいいと言われているし、僕よりもいい武器を持っておくべきは、アイネの方だ。

「いや、そうだね。せっかくだし、君の武器も探しに行こう」

「え、私は別に……今の武器で間に合ってるわよ」

「遠慮しないでくれ。せっかく探すなら二人の分を見た方がいいよ」

「あんたが言うならいいけど。目的はあんたの武器なんだからね」

「ああ、分かってるよ。武具店はここの近くにあるのかな？」

「確か、先の通りを抜けたところにあったはずよ。品揃えも結構よさそうだったわ」

町中を歩いている時に横目で覗《のぞ》く程度の時間しかなかったはずだが、アイネはしっかりと確認していたようだ。武器に関して――というより、剣については特にアイネの方がこだわりは強い。

「なら、まずはそこに行こう。他に行きたいところはないかな？」

「私はないわ。目立たず行動するのが一番だし、剣を手に入れたら早く宿に戻った方がいいんじゃないかしら？」

「確かに。じゃあ、今日は武器探しってことだね」

新しい剣を手に入れて、後は宿に戻って休むだけ――ただ、宿に戻ればするべきことはある。

アイネの『発情』が起こらなくなったことで、普段は意識する必要はない。それだけで大分、行動の制限はかからなくなった。

だが、行為をしなくてよくなったわけではない――それは、お互いに分かっていることだ。

武具店に入ってすぐ、アイネは並べられた剣を真剣に見据えていた。

やはり、剣についてのこだわりは強いらしく、「これでいい」と選んだ物も拒否されてしまう。

思えば、少し前までは何でも遠慮がちで、最初に彼女の剣を買おうとした時に比べれば、

随分とよくなったと思う。

別に彼女にわがままになってほしいわけではない——けれど、僕に対して遠慮をしてほしくはなかった。

だから、今のように彼女が自分の意思で剣を選んでくれているのは、直に嬉しいのだ。

「……何よ、こっち見てニヤニヤして」

「いや、笑ってはいないよ」

「楽しそうにしてたわよ。こっちは真剣に選んでるっていうのに」

「悪かったよ。でも、買い物なら楽しんだ方がいいんじゃないか？」

「楽しむための買い物ならね。今選んでるのは、あんたの命を守る剣でもあるのよ」

そういう考え方もあるのか、と思わず感心してしまった。

——剣に命を預ける、と言うべきだろうか。

僕は自分で振る剣に対する興味は、はっきり言ってあまりない。

もちろん、剣を握ればそれが良い物かどうかくらいは分かるが、必要なのは剣を扱う技量だと考えているからだ。

武器に頼らない、という考えだって一般的な話だ。どんな武器でも扱えるようにしておくのは、それこそ状況に応じて使い分けられるし、実用的と言えるだろう。

けれど、アイネは一本の剣を大事にしている。自分で選んで握った剣を信じて、振るっているのだ。

　どうして今まで気付くことができなかったのだろう――アイネの剣を振るう姿が、ただ綺麗なだけじゃない。その心持ちがあるからこそ、彼女と剣はまるで一体になっているように見えるのだ。……今の僕には、正直言ってできる芸当じゃない。

　単純な強さでは僕の方が上なのかもしれないが、剣士としてはアイネの方が完成されている。

　僕はずっと、そんな彼女に憧れていたのだ。

「リュノアはもう少し重い剣の方がいいわよね……」

「君の選んでくれた剣なら、何でもいいよ」

「ちょっと、またそんな適当なこと言って――」

「適当じゃない。君が選ぶからいいんだ。君の選んでくれた剣なら、僕は安心して命を預けられるよ」

「っ、そ、そんなこと真顔で言わないでよ。それに、軽々しく命を預ける、なんて言わないで。余計にプレッシャーかかるじゃない」

　アイネは少し恥ずかしそうにしながら、再び剣の方に視線を向けた。

　あれでもない、これでもない――そんな風に選んでいると結局、他のところに行く時間なんてすぐになくなってしまいそうだった。

けれど、時間をかけて選んでくれた剣は、握った瞬間から僕によく馴染《なじ》んだ。

「うん、これは使いやすいね」

「よかったわ。あまり軽いと、リュノアには合わないと思ってたのよ。あんたって結構、筋肉とかもあるし。私も重い方が好きなんだけど、さすがに体格に合わない物は長時間扱えないし」

そう言いながらもアイネが使うために選んだ剣は、僕の物に近い直剣で、女性が扱うには少し重そうな代物だった。

けれど、アイネが扱えるから選んだのだろうし、きっと彼女は僕が思っている以上に上《う》手《ま》く使うだろう。

どちらも当たり前のように店で取り扱っている普通の剣と言えるが、アイネの選んでくれたこの剣ならば、誰にも負ける気はしない。

もう帝国の領内なのだ――弱気にはなっていられないし、弱気を見せることもできない。

僕はアイネの手を握り、町中を歩き出す。

「ちょ、ちょっと！」

「はぐれるかもしれないだろ。だから、宿までは手を繋いでおこう」

「私は子供じゃないんだけど……ま、まあ、リュノアが繋ぎたいって言うなら、いいけど？」

「ああ、僕は繋いでいたいな」

「！　またそうやって……！　リュノアのくせに」

僕のくせに、というのはどういう意味が含まれているのかよく分からないが、アイネはそっぽを向きながらも、手は握ったまま歩いてくれているので、嫌がっているわけではなさそうだ。

子供の頃は、むしろアイネの方が僕を引っ張ってくれた記憶がある。

僕は彼女を頼りにしていたし、きっと離れ離れにならなければ――今でもアイネのことを頼りにして、僕は今のように冒険者をやっていることもなかったのかもしれない。

そういう意味では、アイネが王国を離れて帝国に行ったことで、僕は強くなれたと言える。

思えば、アイネが帝国の騎士になった理由を、僕はきちんと聞いたことがない。きっと、帝国のことを話したがらないと思っていたからだ。

今のアイネにならば、聞いてもよさそうな気がする。

「そう言えば、アイネはどうして帝国の騎士に志願したんだ？　きちんと理由を聞いたことがない気がして」

「たぶん、話したことはないわね。でも、大した理由じゃないわ」

「帝国に思い入れがあった、とか？」

「ないわよ。行ったこともないし、知らない土地だもの。ただ――」

「ただ？」

「……やっぱりいいわ。別に、言う必要もないことだし」

「何だよ、それ。余計に気になる言い方だね」

「自分の修行になると思ったからってだけ」

確かに、それも本心なのだろう。

けれど、明らかにアイネは何かを隠している――言いたくないのなら、無理に聞くつもりはないが。

ただ、帝国の騎士にこだわりがあったわけではない、というのは分かる。

「なら、これが片付いたら一度、故郷に戻らないか？」

「！　村に……？　どうして？」

「君は家族ともあまり連絡は取っていないだろう。まあ、首輪の件もあるから、戻りにくいかもしれないけど……」

「そう、ね。でも、首輪のことは正直、今はあまり気にしてないわ。慣れって大事よね」

「それに慣れていいのか分からないけど。気にしなくなったのはいいのかもね」

「本当なら、帝国で外せる手掛かりを見つけられたらいいんだけど……高望みはしないわ。無事に生きて、この国を出る――それだけできれば十分よ」

アイネの言う通りだ。これから向かう場所を考えれば、安全に帰れる保証などどこにもない。

ルリエ達に協力はするが、それ以外に危険を伴うことは避けるべきなのだろう。

どうあれ、何があってもアイネを守り抜くという決意に変わりはない。

「おい、そこの」

話しながら宿へと戻ろうとする道中、不意に声を掛けられた。

僕はアイネを守るように前に立ち、声の主《ぬし》の方を見る。鎧《よろい》に身を包んだ、帝国の騎士がそこにはいた。

「なんだ、こんなところで女連れか？　裏通りはあまり使わない方がいいぞ」

「……忠告感謝します。僕達は帝国に来たばかりですので」

「おお、そうか。なら、なおさら危険のないように表通りを使った方がいい。この辺りは今、騎士が不足していてな」

「！　騎士が不足……？　どういうことですか？」

どうやら、善意で話しかけてくれたようだ。

僕が問いかけると、騎士の男は視線を逸らし、何やら言葉に迷っている様子だった。

「まあ、事情については俺も詳しくは分かっていない。ただ、結構な人数が召集されたって感じさ。俺みたいなのは、声も掛けられてないけどな。とにかく、気を付けろよ」

そう言って、騎士の男はひらひらと手を振りながら去っていく。男が去った後、

「気になるわね……」

アイネが神妙な面持ちで口を開いた。

「騎士が召集されたって話？」

「ええ。帝国に入る前もそうだったけど、確かに町中で騎士の姿をあまり見かけないわ。何かあった時に対処できるのかしら。それとも、対処する気もないってこと……？」

「あの人も事情は分からないって感じだったね。僕達の動向がバレてるってわけでもなさそうだが……」

何やら帝国内でも不穏な動きがある――警戒をするに越したことはなさそうだ。

僕とアイネは寄り道などもせず、真っすぐ宿へと戻った。

騎士の数は確かに少ないようだが、やはり外出は控えた方がいいという判断だ。少なくとも町中で、できる限り目立たないようにしたい。

「それにしても、中々いい剣が手に入ったわ」

アイネはベッドに座るとすぐに、先ほど購入したばかりの剣を鞘《さや》から抜き去り、眺めていた。

「君が気に入った物があってよかったよ」

「私はついでのつもりだったけど。せっかくだし、この剣を使って稽古もしたいわね」

「この辺りは建物も密集しているし、外でするのはちょっと難しそうだね」

「そうね。まあ、ここを出るまでは我慢するわ」

アイネはそう言って、剣を鞘に納める。

そのままクローゼットの近くに剣を立てかけると、ベッドの方へと再び戻った。

座った後、アイネは特に何も言わず、黙って僕の方を見ている。——彼女が何を言いたいのか、僕も分かっていた。

宿に戻って今からすることと言えば、一つしかない。

「……とりあえず、風呂に入ってからしようか」

僕がそう切り出すと、アイネはちらりと風呂場の扉の方に視線を送る。

「それなら、一緒に入っちゃった方が楽じゃない？」

アイネの提案に、僕は思わず目を丸くする。

……いや、いつまでも僕の方が慣れていないのがおかしいのだろうか。

ここ最近のアイネは積極的だし、もちろん行為をする時に初々しい反応を見せてくれることだってあるが、風呂に誘うくらいではあまり照れることはなくなった。

元々、温泉地では温泉にも一緒に浸かったわけで、今更緊張する必要もないのかもしれないが。

アイネから誘われると、僕はまだ少し緊張してしまう。けれど、そういう雰囲気は見せないようにして、答える。

「そうだね。アイネがよければ、一緒に入ろうか」

「決まりね」

アイネはすぐに立ち上がると、その場で服を脱ぎ始めた。風呂場の前が脱衣所になっているというのに、まるで僕に見せつけるかのようだ。

反射的に目を逸らすと、アイネはそれに気付いたようで、

「着替えくらいで目逸らす必要なんてないわよ。……というか、それ以上のことを何度も一緒にやってるじゃない」

「まあ、それはそうなんだけどさ。やっぱりこう、メリハリというか」

「メリハリ？　まさか、私の裸を見飽きたとか言うんじゃないでしょうね？」

「そんなわけあるか。君の裸を見飽きるなんてこと、絶対にありえない。僕は君の裸ならいつまでも見ていられれ——あ」

アイネの言葉を否定しようとして、とんでもないことを口走った事実に気付く。

怒られるかと思ったが、アイネは何故《なぜ》かはだけさせていた胸を隠すようにして、頬を少し朱色に染めながら、ジト目で僕の方を見る。

「……リュノア、最近ちょっと変態っぽいわよ？」

「待ってくれ、誤解だ。僕に弁明の時間をくれないか」

「弁明なんて聞かないわよ。風邪引いちゃうし、先にお風呂場で待ってるわ」

アイネは無慈悲にそう言い残して、風呂場の方へと向かった。

小さくため息を吐《つ》いて、僕は椅子に腰掛ける。

「変態、か」

アイネに時々言われることはあるが、確かに改めて考えると――僕の発言にはデリカシーのないものが多かったかもしれない。行為中ならともかく、普段の言動には気を付けた方がいいのかもしれない。

今更になって気にするのは、あるいは僕が神経質になっているからだろうか。

アイネは帝国に入ってからも、特段変わった様子はない。

もちろん、騎士の視線など気にしている雰囲気はあるが、こうして宿に入ればいつも通りだ。

だから、僕も彼女と同じように普段通り、振る舞えばいいだけ。

アイネを不安にさせるようなことを、僕がしてはならないのだ。

「……よし」

決意を新たに、僕は風呂場へと向かう。脱衣所で服を脱ぎ、扉を開くと――アイネはすでに準備万端といった様子で待っていた。

「遅いわよ」

「ごめん、少し考え事してた」

「何？　騎士のこと？」

「まあ、そんなところだ。けど、今は気にしても仕方ない」

「……そうね。ま、その辺りについては憶測の域は出ないけど、一先《ひとま》ず身体でも洗いながら話せることじゃない」

そう言いながら、アイネにはまだ身体を洗った様子はない。先に入ったのだから、すでにその辺りは済ませるつもりだったのかと思っていたが。

「……今日は、リュノアが洗ってくれる？」

上目遣いに、アイネが求めてきた。――どうやら、すでに前戯は始まっているようだった。

＊＊＊

『性属の首輪』による『発情』はなくなった故《ゆえ》に、以前のように強制的にしなければならない状況は発生しない。

だから、僕かアイネのどちらかが誘うことになるのだが、基本的にはアイネの方が積極的だ。――というより、誘うタイミングが彼女の方が少し早いだけ、と言うべきだろう。

僕が切り出す前に、大体アイネの方が求めてくる。

僕はそれに応じるだけだ。

アイネの背中側に座り、水に濡れる彼女の肌に触れる。

「んっ」

小さく、吐息のような声が漏れた。まだ腕の辺りに触れただけだが、やはりアイネはどんどん敏感になっている気がする。

優しく、撫でるように指を背中に這わせる。くすぐったそうに、アイネは背中を反らせるようにして、僕の指から逃げようとしていた。

「……ちょっと、ちゃんと洗ってよ」

「あ、分かってるよ」

少し悪戯《いたずら》が過ぎたか、アイネに睨まれてしまう。

アイネの身体はもちろん、しっかりと洗うつもりだ。

身体を洗うように布が数枚用意されていたので、僕はそれを手に取ってアイネの身体を優しくこする。

アイネの背後から少し身を乗り出して、まずは手の先の方から拭いていく。

それから腕を洗い、相手の手首を握ったままに腋《わき》に布を当てると、

「やんっ！」

アイネはそう悲鳴にも近い声を上げて逃げようとした。彼女の手を握っていたのは、もちろん逃げられないようにするためだ。

アイネはくすぐったがりなので、特に腋の辺りは苦手なようだ。

それが分かっているのに僕に洗わせようとするので、意外とくすぐったいのも嫌いではないのかもしれない。

「相変わらず、ここは弱いね」

「き、鍛えようと思って鍛えられるところじゃないでしょ。まあ、別に普通くらいだと思うわ」

澄まし顔で言うアイネだが、ちらちらと布を握っている僕の手に視線を送ってくる。

彼女の手首を握っているが、結構な力がこもっていて、緊張しているようだ。

……警戒しているのが丸わかりで、思わず笑ってしまいそうになる。

さすがに、今の状況で笑うとアイネは間違いなく怒るだろう。

僕も我慢しながら、再び腋の付近へと布を当てる。

「ん、ふっ」

当てただけで、アイネはまた声を漏らした。

ゆっくりと動かし始めると、アイネの腕の力もぐっと強くなる。

だが、僕の押さえる力の方が上なので、アイネは身体を震わせながら耐えるしかできないようだ。

これで本当にアイネが嫌がっているのなら、早めに終わるようにする。

けれど、身体を洗ってほしいと言ってきたのはアイネであり、拒絶の言葉もない。彼女自身が今の状況を受け入れているのだ。

脇腹の方までこするようにして、次は背中へと移る。

この辺りになると、アイネもまだ我慢はできるようだ。

そのままお尻の方まで行くと、アイネは少し腰を浮かせるような動きを見せる。

改めてだが、やはり彼女の身体はかなり敏感だ。以前よりももっと、と言うべきだろうか。

後ろ側を終えると、今度はアイネがくるりと僕の方を向いた。視線はわずかに逸らしているが、大事なところを隠す様子もない。

「ん」

言葉を交わすわけでもなく、アイネの意図を汲み取った。

今度は前の方を洗ってほしい、ということなのだろう。

僕は小さく頷いて、まずは指先から優しく布で磨いていく。

爪先から手の甲まで。白くて小さな手は可愛《かわい》らしく、それでいて美しい。

掌《てのひら》の方は、女性ということもあって柔らかさはあるが、やはり剣を握ってきたことが分かる。腕も前の方から洗っていき、胸の辺りに手を伸ばす。

初めは胸の外側の方からなぞるように触れていく。

あまり加減が過ぎると洗ったことにはならないので、力加減は調整しながらだ。

布越しでも、アイネの胸の柔らかさが伝わってくる。

僕は別に女性の胸に関して詳しいわけではないが、アイネの胸は大きすぎる、ということはないのだろう。

かといって小さいわけでもなく、僕からすればちょうどいいというか……上手く言葉にできないが、魅力的だと思う。

「……っ」

胸の辺りに触れると、わずかにアイネの吐息が漏れた。声が出るほどではないが、やはり身体の中でも敏感な部分だ。

ゆっくりと動かしながら、乳輪の付近まで動かしていく。

乳首には触れないようにしながら、優しくその周りを磨いていく。

アイネは拳を握るようにしながら、耐えていた。

先ほどまでは片腕を押さえていたが、今は両腕共に自由な状態だ。

それでも抵抗しようとはせず、必死に耐えている。そんなアイネの姿が可愛らしく、愛おしく見えてしまう。

アイネが我慢しているのは分かっているが、僕はそのまま乳首には触れず、乳輪の辺りを撫で回した。

「ん、ふ……」

アイネの艶《なま》めかしい声が耳に届く。

くるくると乳輪を優しく撫でていると、だんだんと乳首が膨れて硬くなっていくのが分かった。言葉にしなくても、触ってほしいと懇願しているようだ。

「……さっきから、そこばっかり触ってるけど」

不意に、アイネが不満そうな表情で言った。焦《じ》らされているのが分かっているのだろう。

「そこって？」

「言わなくても、んっ、触ってるじゃない……」

「アイネの口から直接、聞きたいだけだよ」

「っ」

そう答えると、アイネは僕に鋭い視線を向ける。

それこそ、怒ってビンタの一つでも飛んできてもおかしくないような表情だったが、小さく溜め息を吐くと、

「だから、乳首の周りばっかり、触ってないで」

聞こえるか聞こえないかくらいの、小さな声で言った。

彼女の望みはすでに分かっているのだが、こういう態度を取られると、何故だかもう少しいじめたくなってしまう。……やはり、僕はアイネの言う通り変態なのだろうか。

「どこを触ってほしいか、言ってくれないか」

「は、はあ？　それこそ分かってる、んっ、でしょ……！」

話している間も乳輪を撫でているせいか、徐々にアイネの感度が上がってきているのが分かる。

彼女の乳首は先ほどよりも大きくなっていて、快感を求めているのがよく伝わってきた。アイネ自身が少し身体を動かせば、僕の指が触れることになる——けれど、彼女はそれをしない。あくまで僕に触れさせたいのだろう。

意地になって我慢している姿も愛おしく、すぐにでも触ってあげたいところだが、あともう少しといったところだろうか。

まだ身体を触り始めてから数分程度なのに、アイネの呼吸は荒くなり始めている。

「ねえ、早く……」

「だから、君が触ってほしいところを言えばいいんだって。僕はその通りに触るから」

「何、よ、それ……っ」

僕は今からアイネの言う通りに触る——彼女が望むことをするだけ、というわけだ。

アイネが素直になればいいのだが、僕も彼女の性格についてはよく分かっている。

意固地になって、すぐには乳首を触ってほしい、とは言わないだろう。

当然、僕だって彼女が口にするまでは触れるつもりはない。

身体を洗う、という本来の目的はどこへやら――いや、実際のところはこちらの方が本命だったと言うべきか。弄《もてあそ》ぶように乳首には触れず、彼女の柔らかな胸に触れ続ける。

ちらりとアイネを見ると、顔を赤くしながら、唇を噛むようにしてじっと耐え続けていた。

「はあ、はっ、んっ、あっ」

いよいよ艶めかしい声まで耳に届き、僕の方が我慢できなくなってしまいそうだった。

幼馴染がたった数本の指で触れるだけで喘《あえ》ぐ姿に、興奮しないわけがない。

けれど、僕から決して乳首に触れるようなことはしない。

焦らして、焦らして、焦らして――アイネから言ってくれるのを待ち続ける。

「触ってほしいところを言ってくれるだけでいいのに」

「うる、さいっ。あんた、だって、んあっ、本当は触りたいん、でしょ……？」

アイネが挑発するような笑みを浮かべて言った。

どうやら、まだ余裕はあるらしい。

なら、ここは素直に答えておこう。

「うん。僕は触りたいと思ってるよ」

「だったら――」

「僕は正直に言ったんだし、アイネも正直に言ってくれたらいいのに」

「っ！」

僕の言葉を受けて、アイネは押し黙った。色々と言い訳をして、逃げると思っていたのだろうか。

僕は触りたいと思っているのは本当だし、アイネに触ってほしい場所を言ってほしいのも本当だ。

目を泳がせるようにしながら、アイネはようやく求めていた言葉を口にする。

「……乳首」

「ん？」

「だ、だから、乳首を早く、触って……」

「どういう風に触ってほしい？」

「ど、どうって……そんなことまで聞くの？」

「僕の好きに触っていいのかな」

「……好きにしたらいいでしょ」

触り方――すなわち、どう責めてほしいかを聞いたのだが、さすがにアイネはそこまで考えてはいないようだ。

彼女の言う通り、ここからは僕の好きなように触らせてもらう。

直《じか》に触れているため、爪を立てると彼女を傷つけてしまうかもしれない。指の腹で撫でるようにして、まずは乳首の下側から弾《はじ》いた。

「んっ！」

びくんっ、とアイネが大きく反応する。

散々と焦らした効果もあってか、一撫でしただけでも強い快感が得られたようだ。

もう一度、同じような動きで乳首を撫でる。

「ふっ、ふっ、ん、ぅ……！」

撫でるごとに、アイネの小さく喘ぐ声が聞こえてくる。

しばらく触り続ければ、アイネは絶頂を迎えることになるだろう。

それくらい彼女の身体は敏感になっていて、僕もある程度は理解している。

「あっ、んっ、ふぅ……イッ――え？」

だからこうして、イキそうになったタイミングを見計らって、焦らすことは難しくはない。

アイネは少し困惑した表情を見せていた。一定の間隔で動いていた僕の指から送られてくる刺激が、急にピタリと止まったのだから無理はないだろう。

アイネに必要なのは、大きく深い絶頂だ。欲求不満になってしまわないように、なるべく焦らした方がいい。

言い訳のように聞こえるかもしれないが、アイネと魔族の魂の融合の進行を遅らせるには必要だとレティに言われているし、実際に行為を続けていると大きな変化が起きることはない。

「どうかした?」

「な、何でもないわよ」

すっかりイク準備ができていた、という感じのアイネは戸惑いながらもそう返事をした。

過去にも何度か焦らすような行為はしてきたが、未だに彼女は慣れていないらしい。

僕としては、慣れていない方がやりがいを感じられる。

「それじゃあ続けるけど、いいかな?」

「……好きにしたら」

アイネはふいっと、そっぽを向くような仕草を見せた。まだまだ続けても大丈夫そうだ。

今度は再びアイネには背を向けてもらい、後ろから胸を触るようにする。

先ほどとはまた触り方を変えて、今度は二本の指で乳首をつまんだ。

「……ぁ」

まだ本当に優しくつまむ程度だが、アイネには十分な刺激のようだ。

その状態で、僕は一度指の動きを止める。動かしていないために刺激は微弱で、普通なら我慢するようなことでもない。

けれど、アイネの場合は別――すでに感度の上がっている彼女には、この微妙な刺激がよく効くのだ。

「……っ、んぅ、ふっ」

早速、効果が出始めているようだ。乳首を優しくつまんでいるだけなのに、アイネの喘ぐ声が聞こえてくる。

もちろん、いくらアイネが敏感といっても、この弱い刺激だけではイクことはできないだろう。分かった上で続けているのだ。

「ね、ねえ」

「ん、どうかした？」

「動かさないの？」

「アイネはどうしてほしい？」

「っ、ま、また聞いてばっかり……。別に、好きにしたらいいって言ったでしょ！」

アイネはやや不服そうに言い放った。彼女が素直になるには、もう少し時間がかかりそうだ。

こうして触り始めはやはりいつものアイネらしく、ツンツンとした態度を見せてくれるのだが、これがだんだんと素直になっていく姿もまた、彼女の可愛いところだ。

この宿の風呂には鏡も取り付けられており、ちょうど今のアイネの姿が映し出されている。

「アイネ、鏡を見てごらん」

「んっ、か、鏡……？」

今まで意識していなかったのか、言われてアイネは正面の方を向く。

そこには、乳首をつままれているだけで――快感に溺れそうになっている彼女の姿があった。

「まだほとんど動かしてもいないのに、随分と感じてるみたいだね」

「そ、そんなこと、な――ひぁ……！」

否定しようとした瞬間、わずかに指に力を込める。

すると、アイネの身体がびくりと震えた。

「はっ、はぁ……んっ、はっ」

「そろそろ素直になってくれるかな？」

耳元で囁《ささや》くように確認する。

アイネが静かに頷くようなら、もう十分に追い詰められたということになるのだが――

無言のまま、僕に鋭い視線を向けた。

――どうやら、まだ続けてほしいみたいだ。

＊＊＊

――別に、リュノアにやられて嫌なことなんて一つもない。

こう言うと大袈裟なように思われるかもしれないが、少なくともリュノアはアイネが本当に嫌がることはしようとしない。

全部素直に受け入れてしまってもいい……のだけれど。

リュノアに対してはいつまでも素直ではいられず、お互いに同意があっての行為に及ぶようになってからは、それが余計に顕著になっていた。

何となく、リュノアもそれを望んでいる気がした。

だから、背後から乳首をつままれて、弱々しい刺激を送られても、まだ耐え続けている。

本当はすぐにでもリュノアに『イカせてほしい』と懇願したい気持ちもあった。

「はっ、ふぅ、ふっ、ん……っ、はぁ……！」

自分の声がどんどんと、艶《つや》を帯びたものになっていくのが分かる。

先ほど、優しく指で撫でられるだけでも絶頂しかけたのだ――普通に触られていたら、とっくに一度はイッてしまっているはず。

なのに、まだ一度も絶頂は迎えられていない。

鏡に映った淫乱な自分の姿と、乳首に送られてくる刺激。

これだけあれば、アイネはイクことができてしまうくらいには敏感だ。

自分の身体はそんなに淫乱ではない――と強く否定できなくなってしまっていて、触れていないのにすでに秘部は愛液が溢《あふ》れそうだった。

自由な両手ですぐにでも弄《いじ》ってしまいたい……そんな欲求にも駆られるが、アイネは必死に拳を握るようにして、耐え続ける。

だんだんとリュノアにテクニックが備わってきたのはアイネにも分かっていて、イキそうになるとよく寸止めで焦らされた。

今もずっと焦らされていて、あと少し、もう少し力を入れて乳首をコリコリとしてくれたら、軽くでも絶頂することができるのに、叶《かな》わない。

乳首への絶妙な刺激はまるで秘部へと直接繋がっているかのようで、直接触れられていないのにしっかりと刺激は届いていた。

きゅんきゅんと下腹部に気持ちよさが溜まっていって、それが限界に達すると愛液を散らしながらイクことができる。

今はそのギリギリのライン――コップから水が溢れ出るか出ないかの、そんな絶妙な感覚。両方の乳首を刺激され続け、その姿を鏡に映して見せられている。

こんなことをされて、興奮しないわけがない。気持ちよくないわけがない。

「ふっ、ふぅ、はっ、ぁ……」

浴室に響くのは、アイネの喘ぎ声ばかり。リュノアの手つきもすっかりといやらしくなり、どんどんアイネは追い詰められていく。

身体をくねらせながら、乳首の刺激から逃れようとする。

当然、それで逃げられるほど甘くはなく、気持ちよさは溜まっていく一方だ。

今は拘束されているわけでもないし、立ち上がれば刺激から逃れることはできる。

拳を握って耐えていたアイネだが、何度か立ち上がろうとはしていた。

けれど、すでに足腰に力が入らなくなってしまっていたのだ。

アイネがこの快感から逃れるためには、リュノアに懇願するしかない。

リュノアに本気でやめてほしいと言えば、当然やめてくれるだろう。

だが、アイネ自身がそれを望んでいない。

もっと気持ちよくなりたい――心はすっかり性欲に支配されていた。

(素直になれば……それで……)

気持ちが揺らぐ。

リュノアが焦らしてきているのは分かっている。

アイネが素直になれば、すぐにでも気持ちよくしてくれるのも分かっている。

ただ、焦らされる時間が長ければ長いほど、絶頂を迎えた時の快楽も大きくなるのだ。

我慢しているのは、そんな大きな快楽を期待している面もある。

アイネは認めるつもりはないし、認めたくないことだが——リュノアよりよっぽど変態的で、淫乱になってしまったのだ。

以前よりももっと、激しく気持ちのいい感覚を求めてしまっている。

「はっ、はぁ……あ、んっ、あっ」

激しく弄られたわけでもないのに、乳首を通して押し寄せる下腹部への快感が限界を超えかけた時、ピタリと見計らったようにリュノアの指の動きが止まる。

おそらく、アイネの声音《こわね》か身体の力の入れ具合で判断しているのだろう。

イキそうになって、ギリギリで止められるのはつらい。

高まった快感はゆっくりと消えていくのに、また乳首に触れられると先ほどよりも敏感になっていて、気持ちよさが倍増する。

すでに何度かイキかけて、そのたびに乳輪を撫でるだけで焦らされて、またイカされそうになるまで弄られる——アイネが懇願するまで、きっとこれは無限に繰り返されるのだろう。

身体を洗ってもらうだけ、という言い訳からの前戯も、気付けば本気の責めに変わりつつある。

鏡に映る姿は、すでに快感に屈している。

「リュ、リュノアぁ……」

アイネはチラリと、背後にあるリュノアに視線を送る。懇願するように、求めるように彼の名を呼んだ。

「ん、どうかした？」

分かっているはずなのに、リュノアはただ優しげな表情を浮かべているだけだ。

言わなくても、アイネが求めていることはリュノアに伝わっている——けど、アイネが口にしない限り、決してイカせようとはしない。

今日は『そういうプレイ』なのだろう。

すでに脱力して後ろのリュノアに身を任せているが、それでもリュノアの責め方が変わることはない。

アイネが懇願するのをひたすらに待ち続けている。それが分かっているから、意地でも耐えてやる——そんな気持ちもすでに弱まっていて、結局言わされることになるのだ。

「お、おねが……んっ、あっ、はぁ、も、もう……イカせて……！」

正直言って、十分耐えた方だと思う。時間にするとそれほど長くはないが、アイネの身体の敏感さで考えれば、焦らされ続けるのは半ば拷問のような感覚だ。

リュノアはアイネの言葉を受けて、こくりと頷く。

「分かった。アイネがイカせてほしいって言うなら、その通りにするよ」

ようやく絶頂を迎えることができる——溜まりに溜まった快感を一気に放出するのは、どれほど気持ちいいだろう。

アイネはそんな期待感を胸に抱く。まだ、これが前戯でしかないということを、彼女はすっかり忘れてしまっていたのだ。

＊＊＊

ようやくアイネが素直になってくれた。

結局のところ耐えられないのは分かっているはずなのに、あくまで抵抗するのはやはり彼女らしいと言える。

その姿がいじらしくて、ついついやりすぎてしまうこともある。

僕は彼女の懇願を受けて、今度は焦らさずにイカせるつもりだ。ただ、時間はもう少しだけかけるつもりだが。

指の動きは先ほどよりもゆっくりにさせて、じわじわと乳首に快感が溜まっていくようにする。

「ふっ、ふっ、ふ、ぅ……んっ、はぁ……」

乳首に触れるたびに、アイネが息を荒くする。あとほんの少し速くすれば、彼女は簡単に絶頂を迎えるだろう。イクかイカないかのギリギリのラインを責める——本当に、僕も変なところで知識やら技術がついたものだ。

指の動きを速めなくても、どんどんと快感を溜めた乳首を弄られていれば、いずれ限界はくる。

その時がくるまで、僕は同じペースで彼女の乳首に触れる。

指の腹で撫でるように。時折、爪を立てるとアイネの腰が大きく動いて反応する。

「はっ、ぁ、んん……はぁ……」

「乳首しか触ってないのに、イキそうなんだね」

「っ、言わ、ないで……ん、あっ！　はあ……！」

耳元で囁くと、よりアイネの反応が大きくなった。

——そろそろだろう。僕は指の動きを速くした。

少しだけ爪を立てるようにして、カリカリと引っ掻《か》いてやると、アイネは僕に身を預けながら仰《の》け反る。

「あっ、イッ……んっ、はっ、は——んん……っ、ふっ、ぅ」

大きな声を上げるわけでもなく、静かな絶頂。けれど、溜めに溜めた快楽は大きいのか、全身を震わせて酔いしれている。焦らしに焦らした甲斐もあって、いつも以上にアイネは気持ちよさそうにしていた。

「はぁ……はぁ……っ、リュ、ノア……？」

まだ荒い息遣いのまま、アイネが僕の肩に頭を乗せて、こちらを見る。

僕の指の動きがまだ止まっていないことに対する疑問だろう。

「一回イッたくらいじゃ君は満足できないだろ」

「っ、そ、そんなこと、な――イッ」

カリカリッと爪を立てて速く乳首を弄ってやると、ビクンッと軽くアイネの身体が跳ねる。先ほどイッたばかりだというのに、軽く絶頂したようだ。

「君は鏡で自分の姿を見ているだけでいいから」

「やだ……っ、これ、恥ずかしいからっ！　もう、十分だって……んぃ!?」

二本の指で少し乳首をつまむようにしてやると、アイネの声色が変わる。

もちろん、痛くないように加減はしているつもりだが、敏感になった彼女の乳首には、刺激が強かったようだ。

硬くなった乳首をコリコリと軽く揉むように刺激すると、そのたびにびくんっとアイネの腰が動く。

「君がさっき言ってたことなんだけど」

「……ふっ、ふっ……」

「ひょっとしたら、君の言う通り僕は変態なのかもしれない。君の今の姿を見て、興奮しているんだから」

「っ、はっ、ぁ、私を見て、興奮……してる、の？」

鏡越しに潤んだ瞳を僕に向けて、アイネが問いかけてくる。

僕は小さく頷いた。

すると、アイネは小さく笑みを浮かべる。

「んっ、私も、リュノアに触れるのは、ふっ、ぁ、嫌じゃ、ない」

消え入りそうなくらい小さな声。けれど、確かに僕の耳には届いた。

僕の素直な気持ちに応えてくれたようで、嬉しかった。

すぐにでも押し倒してしまいたくなる衝動に駆られるが、僕はあくまで平静を保つ。

指を動かせば動かすだけ、アイネの乳首は敏感になっていき、徐々に絶頂を迎える感覚も短くなっていく。

すでに乳首だけでイクことができる彼女の秘部は、愛液に溢れていた。自ら股を開いて、鏡に映して僕に見せつけるようにしているのだ。

今の姿はあまりに煽情的で、どこまでも淫乱で、乳首を弄るたびにひくつく秘部が視界に入ってくる。

このまま秘部に手を伸ばして、彼女の膣の中に指を滑り込ませてやりたいが、まだもう少し時間をかける。

「アイネは乳首を弄られるの、好きなんだよね」

「ふーっ、ふっ、ぅ、ぁ……はぁ、リュノアに、やってもらうのが好き……っ」

アイネからもう否定の言葉はない。

こうなったら、あとはひたすらに彼女を気持ちよくさせるだけだ。

もしも、このままずっと続けていたら——あるいは触るだけで絶頂するようになってしまうのだろうか。

そう考えながらも、僕は動かす指を止めることはなかった。

＊＊＊

——鏡に映った自分の姿はあまりに淫乱で、自分の意思に反していると思った。

肩で息をするようにしながら、秘部も隠さずに股を開いて、だらしない顔を晒している。

リュノアが見ていることが分かっているのに、こんなはしたない姿を見せつけている。

恥ずかしくて、情けなくて、すぐにでも隠したいはずなのに——止められない。

リュノアのことを変態と言っておきながら、よっぽど自分の方が変態的だった。

けれど、リュノアが今のアイネの姿を見て興奮していると分かったのが嬉しくて、彼に喜んでもらいたい気持ちでいっぱいだ。

鏡越しの視線は気分を昂《たかぶ》らせ、絶えず送られてくる乳首への刺激も相まって、絶頂が終わらない。

下腹部にこみあげてくるような気持ちのいい刺激が、限界を超えると絶頂を迎えるが、すぐにまた切なさが戻ってくる。

「はっ……はっ、ふっ、んっ、ふぅ……」

口を開けたまま、出てくるのは喘ぐ声ばかり。気持ちよさに涎《よだれ》まで垂れてきてしまう。

もはや指で撫でられるたびに絶頂しているような感覚になっていた。

身体にはもう力が入らなくて、ただただイカされ続けるだけの時間が過ぎていく。

どれくらい絶頂を迎えたか、もう分からなくなってきた頃——ようやく、リュノアが指の動きを止めた。

「ふーっ、ふーっ」

アイネは呼吸を整える。身体は小さく震え、すでに弄られていない乳首にはジンジンともどかしい感覚が残り、下腹部には未だ消えない快感が残っていた。

すぐにでも手を伸ばして、膣に指を挿《い》れたら、またイッてしまいそうだ。

「アイネ、こっちを向いて」

「リュ、ノア——んっ!?」

名前を呼ばれて振り返ると、リュノアがアイネにキスをする。突然のことでわずかに動揺したが、すぐに受け入れた。

「んっ、んぅ、ふ……っ、むっ」

普段の彼のキスは表現するなら控えめなのだが――今は違う。

するりと舌を入れて、絡ませてくる。アイネも負けじと舌を入れ返そうとするが、リュノアの方が優勢だ。

今はキス以外のことは何もしていない。なのに、だんだんと下腹部の奥の方が熱くなってきて、力んでしまう。

今度はキスだけでイカされそうになっている――口を合わせた息苦しさも相まって、興奮は最高潮になっていた。

（あ……これ、ダメなやつだ）

ここで、アイネの頭を過《よ》ぎったのはそんな感覚だった。このままキスで絶頂を迎えたら、身体がそれを覚えてしまう。

わずかに覚えた恐怖心に、アイネは抵抗を試みようとするが、すぐに諦めた。

別に、リュノアにキスをされてイクようになったとして、何も問題はない。

アイネがどんなに淫乱になったとしても、リュノアは受け入れてくれる。そんな確証があって、この感覚を受け入れることにした。

「んぅ、ふぅ――」

キスをしたまま、軽い絶頂。先ほどの乳首による絶頂とは違い、多幸感が強い。

リュノアが口を離すと、名残《なごり》を惜しむように舌と舌は触れ合いながら、唾液の糸を引いて離れる。

「キスだけでイッたみたいだね」

「はあ、はあ……あれだけ乳首ばっかり触られたら、誰だってそうなるわよ……」

「そこって関係あるの？」

「あるわよっ、か、身体が敏感になってるんだから……」

「まだ、アイネの大事なところには触ってもいないのにね」

「っ」

リュノアの言う通りだった。乳首とキスだけでイカされたアイネだが、性器にはまだ一切触られていない。

なのに、信じられないくらいの回数の絶頂を迎えた気がする——でも、まだ終わりじゃない。

以前のアイネなら、つらいからもうやめてほしいと懇願したかもしれない。

そして、リュノアはその言葉を受け入れてくれるだろう。

けれど、今日は違う。

アイネは期待してしまっている。何度もイカされるのは確かに負担はかかるが、リュノアにされるのは気持ちがいい。

先ほどよりも、もっと大きな刺激を得られるかもしれないのだ。

リュノアの手が、滑るように下腹部の方へと伸びていく。

止めるなら今しかない――けれど、アイネはただ視線で追うだけだ。

ゆっくりと、リュノアの指がアイネの膣内へと入ってくる感覚があった。

＊＊＊

するりと、僕の指は簡単にアイネの膣内へと滑り込んだ。

何度か絶頂を迎えた彼女の膣はすでに愛液でいっぱいになっていて、二本の指でも簡単に挿れることができる。

指の刺激だけで軽くイッてしまっているのか、アイネはビクンッと身体を震わせた。

「はっ、はぁ、んっ、ぁ、はぁ……」

荒い息遣いの中に混じる嬌声。正直、普通の女の子ならばすでに限界を迎えているかもしれない。

だが、ここ最近は特に身体を休める機会も多く、アイネの体力は有り余っていると言えるだろう。

指を奥まで挿れると、ぎゅっと締め付けるような感覚があった。

そのまま、奥の方で少しだけ指を曲げて、ぐいぐいと押すように刺激してやる。

「んっ、あっ、だ、め……！　それ、刺激が、強すぎる、からぁ……っ」

「ちょっと撫でるくらいの力しか入れてないよ」

「い、いいからっ！　だめなものは、だめ、なのぉ……！　あんっ、やぁ」

アイネは拒絶するような言葉を口にしているが、鏡に見える彼女の顔は言葉とは裏腹に、快楽を享受しているようだった。

彼女自身が気付いているか分からないが、いつになく淫乱で、だらしなく閉じられない口からは舌をわずかに出している。

そこから涎が糸を引いて垂れている姿は、とても煽情的だ。

ぐちゅぐちゅと、音を立てるように奥から手前へと指を動かしていく。

「あっ、イッ、ク……っ！　やっ、だめだって、言ってるのにぃ……！　ふーっ、ふーっ、んー―ぁ」

絶頂からの絶頂。僕の手はすっかり溢れ出す愛液に塗《まみ》れていて、それがまた潤滑油となって膣内を動かしやすくする。

空いたもう片方の手を彼女の口元に持っていくと、求めるようにアイネは僕の指を舐め始めた。

刺激から少しでも気を紛らせたいのか――そう思ったが、彼女の舌は僕の指に絡みついて、まるで『モノ』を舐めるようだ。

あるいは、僕の指をそう見立てて挑発しているのかもしれない。

実際、時折見せるアイネの横顔は明らかに僕を意識していて、視線に熱を帯びている。

彼女のこの姿が、まだまだ余裕があるように見えるのだ。

強い刺激に耐えられないはずなのに、それを受け入れてさらにその先を求めている。

アイネが求めるのなら、僕はそれに応じるだけだ。

膣内から指を出して、今度はクリトリスを親指と人差し指で刺激する。

硬くて少し大きくなったそれは簡単につまめるようになっていたが、愛液によって指が滑り、その刺激がアイネを責め立てることになる。

「――っ！　ひゃんっ、そこは……！　ひぐっ、んっ、うぁ……！　き、ついぃ……っ」

今まで抵抗しないようにしていたアイネが、クリトリスを刺激する僕の腕を掴《つか》んだ。

どうやら、本当に刺激に耐えられないらしいが、腕の力は弱々しく、僕の動きを止めるほどではない。

止めないけど止められない――ようやく、アイネは本気の焦りを見せ始める。

「やっ、リュノアっ！　もう、そこは、い――イ……っ！」

「何度目かな。今までで一番、絶頂を迎えてるかもしれないね」

「そんなの、どうでもいいから……っ！　弄るのやめてよぉ……！　いまは、そこつらいからぁ……！」

アイネの嫌がる姿を見て、僕は背徳感と共に興奮している。

だが、ここが限界だということは僕も分かっている。

最後にしっかりと指で挟むようにしながら、動かして刺激すると、アイネは今日一番大きく身体を震わせて、激しい絶頂を迎えた。

「あ……はぁ……！　ふっ、ぅ……ふ……っ」

刺激が強すぎたのか、失禁までしてしまっている。

ようやくアイネの絶頂責めを終えて、まだ朦朧《もうろう》とした彼女の身体を再び洗い始めた。

「アイネ、身体の方は大丈夫？」

「んっ、今更それ、聞くの……？」

「気を付けてたつもりだけど、一応ね」

「……まあ、心配ないわよ。ちょっと、イキすぎてつらいっていうのは初めてだけど……」

アイネは僕と目を合わせないようにしながら、独り言のように話し始める。

「というか、鏡の前でするのもそうだし、その、羞恥心がすごいっていうか……。わ、私は別に、リュノアがこういうことしたいのなら、いいんだけど」

ごにょごにょと、どうやら僕がしたいことならしてもいい、ということを言いたいらしい。

いつも、アイネはこういう言い回しをしてくる。僕としても、アイネが望むのならどんなプレイだってする覚悟はあるが、今日のは少し激しすぎた自覚はある。

アイネにとって必要なこととはいえ、これを毎回するのはさすがに僕だけでなく彼女の方が負担だろう。

「正直、君の姿を見てる分には……興奮したのは本音だよ。けど、さすがに連続でできるようなものじゃないからね」

「！　そ、それはそうよ！　何回もイクのってつらいのよ？　男のあんたには分からないでしょ」

「僕は……そうだね。一回で十分かな」

僕が正直に言うと、アイネは不服そうな表情を浮かべて僕を睨《にら》んだ。

「でも、今日はまだ一回も、でしょ？」

その視線は、僕の下半身へと向けられる。

アイネの言う通り、何も処理をしていないために、大きくなったモノがそこにはあった。

いつもの流れなら、このままベッドで行為に及ぶことになる。

けれど、前戯のつもりが、今日は随分とアイネに対して激しくしすぎてしまったと思っている。

「僕は大丈夫だよ。少し待てばいいだけだから」

「え、どうして待つの？」

「どうしてって……さすがに、君だってきついだろ？　少し休んだ方がいい」

「……まあ、疲れないって言ったら嘘になるわね。でも、一回くらいなら別に大丈夫よ」

すんなり引き下がってくれるかと思えば、アイネの方がむしろ積極的に見えた。

実際、アイネは体力のある方ではあるが、疲れているのは間違いないはず。

あるいは僕に気を遣《つか》ってくれている、というところだろうか。

「いや、今日のところはやめておこう」

「いいじゃない。一回だけなら済ませれば」

「済ませればって……身体は大事にした方がいいよ」

「……っ、もう、あんたは……私がしたいって言ってるのよ！」

アイネが少し強めの口調で言い放ち、僕は思わず呆気《あっけ》にとられた。

やけに誘ってくるとは思ったが、どうやら彼女の方がしたかったらしい。もちろん、僕を気遣ってくれているところもあるのだろう。

最近では、確かにしない方が珍しいくらいだ。

アイネは、多少疲れていたとしても、僕との行為を望んでくれている。

なら、それに応えないわけにはいかない。

「身体を拭いて、このままベッドの方に行こうか」

「……うん」

僕がそう言うと、アイネは小さく頷いた。

＊＊＊

リュノアの言う通り、連続で絶頂を迎えたアイネは疲弊している。

このままベッドで眠りに就けば、心地よくなれるくらいには、だ。

けれど、アイネにとってはそれだけでは足りない。

確かに、リュノアに触られて、気持ちよくさせられるのは好きだ。何度もイカされたが、満足感はあるし嫌なことだってない。

自分ばかり気持ちよくなって申し訳ない、と思うところもある。

ただ、それ以上に――リュノアとしたい、というのが純粋な本音だった。

幾度となく身体を重ねてきたというのに、すればするほどにどんどんと彼を求めている気がする。

お互いに身体を拭いて、服は着ないままにベッドの方へと向かう。

リュノアはアイネのことを心配してか、身体を支えるようにしながら一緒に歩いてくれた。

そのままアイネがベッドに横たわり、続くようにしてリュノアがやってくる。

少し時間を置いたとはいえ、絶頂に次ぐ絶頂によって、アイネの身体は今も敏感だ。

リュノアに軽く触れられただけでビクリと震えてしまい、今からする行為に期待してか、秘部は愛液で湿っている。

恥ずかしいから隠してしまいたい気持ちも当然あるが、アイネはあえて自ら足を開いた。

これからする行為は、自分で望んだことなのだから。

アイネの前にリュノアが膝立ちになって、向かい合う。彼の大きくなったモノを見て、アイネは思わず息を呑《の》む。

大きくて太いそれが、今からアイネの膣内へと挿れられるのだ。

アイネ自身があまり見ようとしていないために、見慣れたものではなく、普段からあんなに大きなモノを挿れられていると思うと――ぞくりと背中に言い知れぬ感覚が走った。

「それじゃあ、挿れるよ」

リュノアがアイネの膝に手を置いて、言い放つ。

その言葉に小さく頷くと、ずぷりとアイネの膣内に彼のペニスが挿入された。

「……っ、ふっ」

小さく、声が漏れ出してしまう。

あんなに大きいと思っていたモノがこんなに簡単に入ってくるのだから、驚きだ。

実際のところ、アイネの膣内に対してリュノアのモノは少し大きく、膣壁を刺激するようにしながら入り込んでくるのだ。

愛液で滑りやすくなっているとはいえ、下腹部から押し上げられるような異物感ははっきりと伝わる。

けれど、決して嫌な感覚ではない。

むしろ、気持ちよさの方が上回っていた。

根元まで入ると、ちょうど奥の方にコツンと当たって刺激される。

きゅっと、膣内を締めるように力を入れる。これは決して意図したものではなく、ほとんど反射的に行っているものだ。リュノアとの、繋がりを求めるように。

「はっ、ん……っ、あ……っ」

リュノアが腰を動かし始め、アイネは喘ぎ声を漏らす。

指で弄られるのとはまた違い、しっかりと膣内全体を刺激されるような感覚は、すぐにアイネを絶頂させようとする。

歯を食い縛るようにして耐えようとするが、すでに度重なる絶頂で敏感になった膣は、刺激を受けるたびに痙攣《けいれん》して軽い絶頂を繰り返していた。

一方で、我慢をしていたリュノアの方も、早めの限界が近づいているようだ。膣内で動くモノが脈打っているのが分かり、すでに射精しようとしている。

アイネがリュノアの手を握ると、彼は握り返してくれた。

「あっ、あっ！　んぅ……ふっ、ふぅ……もう、イ、クぅ……！」

アイネはこの瞬間が好きだった。リュノアと繋がって、一緒に絶頂を迎えようとするこの時に、幸福感を覚える。

（私は……リュノアとずっと一緒に――）

こうしていたい。そんな考えが過ぎるのとほとんど同時に、リュノアの精子が膣内に放たれる。

アイネは刺激と共にその温かな感覚に酔いしれながら、そっとリュノアの顔に手を伸ばした。

お互いに、言葉を交わさずとも分かる――キスを交わして、そのまま抱き合った。

セックスはもう終わりだが、互いに求めるように愛し合う時間は、ゆっくりと過ぎていった。

＊＊＊

「はっ、はっ、はぁ……」

荒い息が部屋の中に響き渡り、ペチャペチャと湿った音が鳴る。

ベッドの上では、レティとルリエが一糸纏《まと》わぬ姿で愛し合っていた。

レティが自ら股を開き、ルリエが秘部に顔を近づけて、舌で刺激をしている。

互いに汗だくだが、余裕がなさそうなのはルリエの方だった。

「怪我の影響か、んっ、体力が少し落ちたんじゃないか？」

「は……っ、はっ、そう、ですね……。でも、まだまだ続けられますよ」

「君が、そうしたければすればいいさ。ボクの身体は君のモノだからね」

レティがそう言うと、ルリエはまた熱心に秘部を舐め回し始める。

そんな彼女の髪を撫でながら、レティは小さく溜め息を吐いた。

ピタリと、ルリエの動きが止まる。

「……何か、考え事ですか？」

「ん？　ああ、すまないね。こんな時に」

「いえ、やはり場所が場所ですから」

ここは帝国の領内――どこに敵が潜んでいてもおかしくはない。

借りた宿はリュノア達のいるところから離れているわけではないが、互いの状況がすぐには把握できない。

できる限り目立たずに行動するためには必要なことではあるが、襲撃を受ける可能性も考慮しておかなければならないだろう。

「あの二人ならば、仮に何かあったとしても対処はできると思いますが」

「そうだね。単純な戦闘力だけで言えば、ボクらよりも圧倒的に上だ。何せ、ボクの方はほとんど役に立たないからね。平気で数日動けなくなるような人間は、足手まとい以外の何物でもないよ」

「そのために、わたくしがいますから。それに、アイネさんを無事に見つけることができて、これからオーヴェルさんとシンファさんの救出もするのです。成功すれば、形勢は一気にこちらに傾くのでは」

「成功すれば、ね。おあつらえ向きに、騎士達の数まで少なくなっている。運がよければ、ボクらは比較的安全に監獄へと向かうこともできるだろうね」

まだ完全に把握はできていないが、ここの町以外でも騎士の召集は行われているようだった。これが帝都の方に集まっているのだとしたら――監獄破りはかなり難しいものとなってくる。

情報収集は続けるつもりだが、下手をすれば厳しい状況に立たされている可能性も高いのだ。

「……オーヴェルさん達を救い出した後、あのお二人はどうするのですか？」

「どうもしないよ。オーヴェルがこちらに戻ってくれれば、後は予定通りに『傲慢』を見つけ出し、確実に始末する。それが、ボクの目的だからね。アイネを自由の身にする方法についても、何とか見つけてやりたいさ」

「もしも、見つからなければ？」

「――言わなくても分かるだろう。彼女は間違いなく、ボクらの敵になる。そして、アイネがどうなろうと、リュノアは間違いなく彼女を守ろうとするだろう。ボクらは協力関係にあるが、いつだって紙一重なのさ。まさか、彼らの境遇を聞いただけで、同情しているわけではないね？」

レティが問いかけると、ルリエは目を瞑《つぶ》り、しばしの沈黙の後に口を開く。

「もちろん、わたくしにとって大切なのは『レティ』、貴女《あなた》です。貴女のためなら、わたくしは命を落としたって――」

ルリエの言葉を遮るように、レティは彼女の唇に指を当てた。

「君が命を落としては、何も意味がないだろう？　『ボク』ではなく、『わたし』が悲しんでいる」

「申し訳ありません、下手なことを口にしました」

「いや、いいさ。元々、変に考え出したのはボクの方だからね。オーヴェル達を救い出す――今はそれだけ考えようか」

「そうですね。わたくし達のすべきことをしましょう」

「さて、そうと決まれば……続きはどうする？」

「……少し、興をそがれてしまいました」

「そうかい。なら、今日はもうやめだ」

レティがそう言ってベッドに横になると、ルリエはその隣にやってくる。

しばらくすると、ルリエは小さな寝息を立て始めた。

やはり、まだ体力的にも回復しきっていないようだ。

「君には無理をさせているね。でも、もうすぐ終わるよ」

言葉と共に、レティは鋭い視線を窓の外へと向ける。その方角にあるのは帝都――レティが絶対に倒さなければいけない相手が、いるかもしれない場所だ。

「……ようやく、君を確実に殺せるだけの強さを持った人間を見つけたんだ。この機会を逃がすわけにはいかないんだよ。たとえ……誰かを犠牲にしたとしても、ね」

それは、レティにとっての決意の表れだ。どんな犠牲を払ったとしても、絶対に殺さなければならない相手がいる。

だから、レティはどんな手でも使うつもりだった。

その一つが、監獄破りという方法なのだから。

＊＊＊

──『ファーデリアの町』を出てから、数日が経過した頃。

あれから僕達は敵に襲われることもなく、帝都である『グリコール』に到着した。

多少の遠回りをしつつ警戒をしていたが、さすがにここまで何もないと逆に拍子抜けという感じだ。

アイネ曰く──帝都の近くだというのに、やはり騎士の数は少なく感じられるという。

国境付近にいた騎士達がここに集まっているような雰囲気はなく、これは僕達にとっては追い風だった。

「帝都への滞在は今日だけにしよう。ボクとルリエは少し情報を集めてくるが、監獄に行くならできるだけ早い方がいい」

「その意見には僕も賛成だけど、どこで合流するんだ？　さすがに、この広い帝都でバラバラに動くのはあまり得策じゃないと思うけど」

帝都内に入ることはできたが、僕達が今いるのは路地裏だ。

全員がローブに身を包み、素顔はできるだけ見られないようにしている──人通りの少ない場所を選んで、移動をしている状態だ。

四人で行動するのが、現状では安全と言えるだろう。

「ボク達はこれから、冒険者ギルドの方へ向かうつもりだよ」

「！　ギルドに……？」

「そこのギルド長と、わたくし達は面識がありまして。アイネさんも、ここで活動されていたのならご存じでは？」

「……」

ルリエに問われたアイネだったが、その視線は人通りのある道へと向けられていた。

彼女にとっては久しぶりの帝都だが、帝国に入った時もそうだった。

きっと、嫌な思い出ばかりではない——なら、少しばかりこの辺りを見回ってもいいだろう。

「アイネ」

「！　ご、ごめん。ちょっとぼーっとしてて……」

「いや、話は大体纏まったよ。レティ達はギルドの方に向かうみたいだから、僕達は後で合流しよう」

「ギルドの方に？　なら、私達も一緒の方が——」

「その話ももうしたんだけどね。ま、せっかく来たんだから、少しくらい自由行動でもいいだろう。見回っている騎士も少ないことだしね」

レティがそう言うと、アイネは少し申し訳なさそうな表情を浮かべて押し黙る。

全員の意見が一致した以上、これ以上反論することもないだろう。

「決まりみたいだね。それじゃあ、ギルドの方には話を通しておく――と言っても、リュノアならきっと歓迎してもらえるだろうけどね」

「僕は帝国で仕事をしたことはないが」

「関係ないよ。他の大陸ならいざ知らず、同じ大陸で君ほどの実力者であれば、ほとんどのギルド関係者は知っているだろうさ。Sランクっていうのは、それだけ価値のある存在なんだよ」

確かに、僕の行動範囲はそこまで広くはない。

王国内ならそれなりに色々な場所で仕事を受けてはいるが、国を渡って仕事をすることはなかった。

だから、他国のギルドについて僕は詳しくはないが、ギルド同士は連絡を常に取り合っているようだし、僕のことを知っていても不思議はない。

レティ達と別れて、僕とアイネは二人きりで路地裏を移動していた。

いざ自由行動となったが、僕は帝都に来るのは初めてだし、行きたいところがあるわけではない。

アイネに聞いてみても、

「私も、特別行きたいところがあるってわけでもないのよね」

そんな風に答えるばかりだ。遠慮しているのかもしれないが。

しばらく、目立たないように帝都を歩いて回る。

比較的静かな場所を歩いているからかもしれないが、全体的に落ち着いた雰囲気があり、帝都は平和そのものという感じだ。

国は違えど、文化にも大きな差があるわけではない。

むしろ、暮らしやすそうな雰囲気すらあった。

「この辺り、静かでしょ」

「うん、僕は好きな雰囲気だね」

「私も、好きでよく来てたわ。けど、やっぱりこういうところにもいるのよね」

「いるって、何が？」

「悪い奴《やつ》らよ。むしろ、この辺りは騎士の見回りの範囲外だったりして、私は重点的に回ったりしてたわ」

そうアイネが言った瞬間――前方の方で何やら動きがあった。

女性が男に突き飛ばされた後に、鞄を奪われたのだ。

路地裏だからこそ目撃者は少なく、止めようとする者もいない。

とはいえ、すぐに動き出すが躊躇《ちゅうちょ》はした。

男を捕まえるのは造作もないことだが、ここで動けば目立つことになるかもしれない

――そう考えている間に、男が僕達のところへと迫ったところで、

「邪魔だ、どけ――ぐあ!?」

アイネは鞘に剣を納めたままに、男の足に向かって振りきった。

勢いよく男は転がっていき、宙を舞った鞄をアイネが掴む。

そのまま、倒れた男に向かって剣を抜き放つと、

「いてて……、何しやがが――っ!」

「本来なら騎士に突き出してるところよ。でも、今日は見逃してあげる。だから、二度と盗みなんてしないで。次に見つけたら……斬るわ」

「ひ……っ、わ、分かった! も、もうしないっ」

男は怯えた様子のまま逃げ出し、アイネはその背中を見送ると、小さく溜め息を吐いた。

「ああいう輩《やから》が多いところなのよ。だから、よく見回ってたわけ」

「なるほどね。雰囲気は嫌いじゃないが、その分狙う奴もいるってことか」

「そういうこと。さ、持ち主にこれを返して――!」

アイネが先ほどの女性のところに行こうとしたところで、動きを止めた。

その表情は驚きに満ちていて、僕も彼女の視線の先を確認する。そこにいたのは――一人の騎士であった。

女性を気遣いながら、壁に寄りかからせて休ませている。

まさか、このタイミングで騎士と遭遇することになるとは。

「リュノア、鞄お願い」

騎士がこちらの方に向かってきたところで、アイネは僕に鞄を手渡して、壁に向かって顔を隠した。

確かに、アイネが話すより僕の方がいいだろう。

「あの盗人《ぬすっと》から鞄を取り返していただき、ありがとうございます。わたしも遠目に見ていたのですが、駆けつけるのが遅れてしまい。面目ないです……」

「ああ、別に気にしなくていいさ。できることをしただけだから」

僕が答えるのは違和感があるけれど、アイネに受け答えさせられないから仕方ない。

騎士はまだ若い女性で、アイネよりも年下くらいだろうか。

青色の髪を後ろに束ね、顔立ちとしては可愛らしく見える。

彼女もやはり『見ていた』というだけあって、すぐに僕から視線を外すと、背中を向けたアイネの方に声をかける。

「取り返してくださったのは、あなたですよね？　ありがとうございましたっ」

「……」

「……？　あの、聞こえていますか？」

「彼女は人見知りなんだ。悪いが、僕以外と話すのはあまり得意じゃない」

咄嗟《とっさ》に出た言い訳であったが、騎士は納得したように頷く。

「なるほど、そういうことでしたか。けれど、あの動き――只者《ただもの》ではないですね。わたしの知っている人を思い出しちゃいました」

「知っている人？」

「あ、はい。先輩の騎士で……今は騎士団にはいらっしゃらないんですが」

騎士の言葉で、僕は何となく察してしまう。

今、目の前にいるこの人は――アイネと面識のある人物なのだ。

騎士だから顔を隠しただけでなく、声を聞かせようとしないのは、おそらく声でバレてしまう可能性もあるからなのだ。

できるだけ、早めにここを離れた方がいいだろう。

「えっと、申し訳ないが、僕達は急いでいるんだ。鞄はここにあるから、彼女に渡してほしい」

「ありがとうございます――ですがその前に、顔だけ確認させてもらってもいいですか？」

「――」

騎士の表情が変わり、先ほどの和やかな雰囲気から一変する。

その視線はアイネに向けられていて、鋭いものだ。

「何故、顔を見せる必要が？」

「わたし、騎士ですから。当然、仕事を手伝ってもらったことは感謝しています。ですが、先ほどの動きを見るに、相手を逃がさないことも可能だったはず。別に見逃したことを咎《とが》めるつもりはありませんが、一応お顔は拝見しておきたくて」

「なら、ここで話しているより盗人を追いかけた方がいいんじゃないか？」

「もう少し足止めしてくださっていたら追いかけたのですが、すぐに逃げ出してしまいましたし。それに少し確認するだけですから」

「……」

アイネは答えないが、この状況はかなりまずい。

おそらく騎士時代のアイネの知り合いなら、彼女の顔を見ればまず気付くだろう。

そして、アイネは『騎士殺し』で大罪人、という扱いを受けているはずだ。

この広い帝都で、知り合いの騎士と遭遇する確率は低いはずだが、まさかこんな人通りの少ないところで出会うことになるとは。

僕とアイネなら、あるいは逃げ切ることもできるかもしれないが、ここで逃げ出すのは騎士達の警戒心を強めることになるかもしれない。

僕が考えていると、先に動いたのはアイネの方だった。

「もういいわ。下手に誤魔化す方が怪しく見えるだろうし」

「！　その声は……」

アイネがベールを外して、騎士と向かい合う。

アイネのことを見て、騎士は目を丸くした。

「久しぶりね、ロッテ」

「ア、アイネ先輩……!?」

騎士――ロッテは、やはりアイネの知り合いだったようだ。

アイネが正体を明かした以上、僕から言えることは何もない。

彼女に何か考えがあるのか……誤魔化すつもりはないと言うし、説明するつもりだろうか。

けれど、それは相手が受け入れてくれるかどうかにかかっている。

「こんな形であんたと再会するとは思わなかっ――」

「アイネ先輩ーっ！」

アイネの言葉を遮《さえぎ》って、ロッテはアイネに思い切り抱き着いた。

思わず、僕は呆気に取られてしまう。

ロッテが、涙を流していたからだ。

「わ、ちょ……!?　いきなり何するのよ!?」

「ご、ご無事で、よがっだでず……っ！」

「あ、あんたね、鼻水が……いったん落ち着きなさい！　騒ぐと目立つから」

「うぇえええっ、会いだがっだでずぅ……」

間違いなく、アイネとの再会を喜んでいる。

アイネの後輩のようだが、この状況を見れば分かる。彼女は随分と、慕われていたようだ。

第三章

ロッテが落ち着くのを待って、空き家となった場所に一先《ひとま》ず身を隠すことになった。

現状、誰かに追われているというわけではないが、目立たないに越したことはない。

ロッテは帝国の騎士だが、アイネへの態度や今の様子を見る限り、目的があって近づいてきたわけではなく、本当に偶然出会ったようだ。

実際、アイネが奴隷にまでさせられていた事実を知って、ロッテは憤慨していた。

「面会すらさせてもらえないと思ったら……こんなのひどいですよ！　帝国は一体何を考えているんですかっ」

「……少なくとも、私にとって今の帝国は敵よ。英雄騎士にも味方はいないと思っているわ」

「英雄騎士……そう言えば、四人の姿が最近見えないとか聞きましたけど」

「情報が広まらないようにしているのかもしれないわね。少なくとも、二人はもういないわ」

「え、いないって――」

ロッテが聞き返そうとしたところで、気付いたような表情を見せた。

僕達が殺したのは二人で、以前にルリエが一人は始末したらしい。

残りの一人は生死不明だが、姿を見せていないということはまだ動ける状態にはないのだろう。

この話を聞かせた時点で、僕達は帝国側から見れば、紛れもない犯罪者だ。

だが、ロッテは敵意を見せる様子はなく、

「ちょ、ちょっと待ってください！　整理が追い付かなくて……えと、アイネ先輩を陥れようとしたのが、英雄騎士ってことですか……!?」

「いえ、たぶんそれよりももっと上よ」

「上って……そんな、まさか――」

「待ちなさい、ロッテ。あんたにこのことを話したのは……私はあんたが真っ当な騎士だと思ったからよ。だから、このことは忘れなさい」

「！　忘れなさいって、どういうことですか……？」

僕も、アイネの言葉に少し驚いた。

彼女が信頼して話しているのは分かっている。

だから口を挟むつもりはなかったのだが、アイネはロッテに今聞いたことも含めて、全て忘れるように促しているのだ。

彼女からすれば、それは無理な話だろう。

「今、たぶん帝国はかなり不安定な状況でしょう。帝都ですら騎士の数が不足しているみたいだし」

「それは……これも噂程度に聞いた話ですが、派閥争いが激化している、とか」

「派閥争い？」

「は、はい。アイネ先輩はご存じかと思いますが、この国の皇子――アーク様とシン様が次の後継者争いをしているって話があって」

「私がいた時からそういう話はあったけど、まさかこのタイミングで？　じゃあ、もしかすると……」

ちらりと、アイネが僕の方に視線を向ける。

「おそらく、その二人のどちらかが英雄騎士を差し向けた……単純に考えるとそうなるね」

「皇族って話にも当てはまるわ。いよいよって感じね」

「ちょ、ちょ、ちょっと待ってください！　こんな話を聞かされて……どうして忘れろって……！」

「あんたがどっちの味方でもないからよ」

「……え？」

「騎士なら当然、皇族は守るべき存在よ。でも、国が成り立つのはここで暮らす人がいるからなの。そんな当たり前のことをできる奴《やつ》が、不足しているってこと。まあ、命令通りに行動することも間違ってないけれど、あんたは現状派閥争いには巻き込まれてない。それなら、騎士としての仕事を果たすべきってこと」

「でも……せっかく再会できたのなら、わたしはアイネ先輩のお手伝いがしたい、です」

「ダメよ。私につくってことは、帝国と敵対するってことなのよ？」

「！　それは……」

アイネの言葉を受けて、ロッテは押し黙った。

敵はあまりに強大であり、僕達の味方になることはロッテにとってはリスクしかないだろう。

アイネと違い、ロッテはまだ帝国に所属する騎士だ。

その立場を捨ててまで、こちらにつく覚悟を決めるにはあまりに突然すぎるし、僕もアイネと同意見だ。

危険を冒してまで、僕達の傍《そば》にいる必要はない。

「あんたみたいな真っ当な騎士がいてくれるなら、私も安心できるから」

「アイネ先輩……」

「大丈夫。私にはリュノアがいてくれるから。こう見えて、すごく強いのよ」

「こう見えてって……まあ、少し頼りなくは見えるかな」

「！　た、頼りないなんてことはないわよ！　えっと、今のは言葉を間違えたわ」

アイネは少し焦った様子で訂正する。

僕は別に気にしていないのだが。

「えっと、リュノアさん、でしたか。アイネ先輩がこう仰《おっしゃ》るくらいですし、相当な実力者とはお見受けします。わたしが言うのもおかしな話かもしれませんが……アイネ先輩のこと、守ってくださいますか？」

「ああ。今も、これからもずっとそうしていくつもりだ」

「なら、わたしも安心できますっ」

「ちょっと。二人して私をバカにしてるの？　守られてばかりでいるつもりはないんだけど」

アイネが少し怒ったような表情をする。

僕は苦笑いを浮かべ、ロッテは慌てた様子を見せた。

「す、すみません……！　偉そうなこと言って……」

「……ふふっ、いいのよ。それくらい言えた方がいいわ。とにかく、私は大丈夫だから。あんたはあんたの仕事をして」

「分かりました。でも、もしも何か情報が得られたら……その時は、アイネ先輩に伝えるくらいのことはしてもいいですよね？」

「ありがたいけれど……下手な動きはしない方がいいわよ？」

「もちろん、怪しいことをするつもりはないです！　でも、騎士団に所属しているからには、小さくても情報は得られるかもしれませんから」

「そういうことなら……うん、何かあったら教えてくれる？」

「！　は、はい！　お任せくださいっ」

ロッテは嬉しそうに笑みを浮かべた。

アイネはしっかり先輩をしているようで、二人を見ていると随分と仲がいいように見える。

僕は帝国でのアイネのことは知らないし、ここではいい思い出ばかりではない——そう考えていたが、ロッテと再会できたのはよかった。

「さてと、もう少し話していたいところだけど、一緒にいるところを誰かに見られるとまずいから、私達はそろそろ行くわ」

「あ……そう、ですね。わたしも仕事に戻ります」

「うん。リュノア、行きましょう」

アイネの言葉に従い、僕達は空き家を出て移動を始める。

「！」

出てしばらくしたところで、僕は一度足を止めた。

「リュノア？　どうしたの？」

「いや、人の気配がして」

「人……？　ロッテじゃなくて？」

「彼女の気配は空き家の近くにある。まあ、この辺りは息を潜《ひそ》めている人も多いようだし、僕も全部の気配を感じ取れるわけじゃないから」

「まあ、警戒することに越したことは――って、言わなくてもしてるわよね」

「より一層、注意するだけさ。それより、次はどこに行こうか？」

「そうね……せっかくだし、もう少しこの辺りを見回って、得られる情報がないかあたってみない？」

「分かった。それでいこう」

再び周囲を警戒しながら、歩き出す。

もうしばらくしたら、ギルドの方に向かって先ほどの皇子の件もレティ達に話した方がいいだろう。

＊＊＊

ロッテ・アーキスはアイネと再会してすぐに、騎士としての役目に戻った。

アイネ達から聞いた話は彼女にとってあまりに衝撃で、同時に助けになりたいという気持ちも強かったが、騎士が不足しているというのはロッテもよく理解している。

実際、この辺りは治安がいいとは言えず、ロッテがこの場を離れたらさらに悪化する可能性があった。

（でも……）

もし、何かあれば駆けつけたい——そう、心の中では思っていた。

ロッテにとってアイネは騎士になってから初めての、そして強くなることに対しては誰よりもストイックな先輩であった。

ロッテはアイネのように強くはないが、少しでも近づきたいと努力を続けている。

だから、彼女が『騎士殺し』で捕まったと聞いた時はすぐに面会を希望した。

少なくとも、ロッテの知るアイネは騎士として誰よりも真っ当であったからだ。

たまたま一緒に行動していなかったから殺されなかった、とか彼女を知らない人は言うが、そんなことは絶対にない。仕事を共にしてきたロッテだからこそ、確信があった。

——結果的に、ロッテの願いは叶《かな》うことはなく、今に至っている。

（でも、無事でよかった。アイネ先輩の傍にいた人も……先輩がかなり頼りにしているみたいだったし）

どういう関係か気になるところではあるが、今もアイネが無事でいられるのは彼のおかげなのだろう。

「……よし」

小さな声で気合いを入れる。まだ落ち着かない気持ちはあるが、アイネに任されたのだ
――だから、ロッテは帝国の騎士であろうと決意した。

「ロッテ、探したぞ」

「！　グイネルさん」

声をかけられ振り返ると、無精髭《ぶしょうひげ》を生やした男――グイネルがいた。

彼も帝国の騎士であり、ロッテが見回っていたところのすぐ近くを担当していたはず。

わざわざやってきた、ということはロッテに用があるのだろう。

「こんなところまで……どうかしましたか？」

「先ほど、盗みを働いていたと思《おぼ》しき男を捕まえてな。お前が担当しているところから逃げてきたと聞いた」

「！」

おそらく、アイネが逃がした盗人《ぬすっと》が捕まったのだ。

結果的に逃がしてしまったため、これはロッテの失態と言える。

「す、すみません。その男は、わたしが追っていた奴だと思います。逃げられてしまって

「……」

「いや、捕らえたから問題ない。ただし、一つ気になる話があってな」

「気になる話、ですか？」

「ああ。その男が言うには『金髪の女』に盗みを邪魔された、と。しかも、男はそいつのことを知っていたらしい。以前に見かけたことがあるとな」

「金髪の女？」

ロッテは咄嗟《とっさ》に表情を作った。

間違いなく、グイネルはアイネの話をしている。

先ほど逃がした男は、騎士の頃のアイネのことを知っていたのだ。

故《ゆえ》に、見逃されたということも含めて話したのだろう。

すぐに、ロッテは言葉を続けた。

「その女性がどうかしたんです？　盗人はもう捕まったんですよね？」

「ああ、その女――アイネ・クロシンテだったそうだ。騎士殺しで捕まったという、な。そんな奴がどうして、町を歩いているんだ？」

「えっと、わたしに聞かれても……。この辺りにいたってことですよね――」

ロッテが一瞬、周囲を見回すように視線を外した時だった。

首元にひんやりとした感覚があり、動きを止める。

グイネルが剣を抜き放ち、あてがっていた。

次いで、周囲から数人の騎士達が姿を見せ始める。

潜んでいた――つまり、初めからロッテを取り囲むつもりだったのだ。

「……これは、どういうことですか？」

「先ほど捕らえた男が言うには、逃げる時にちらりと――お前の姿も見ていたそうだ。お前とアイネは鉢合わせしているはずだ。どうして嘘を吐《つ》く？」

「う、嘘だなんて……その盗人が適当なことを言っただけでは？」

「盗人に嘘を吐く理由がないんだよ。今、隠し事をしているのはお前の方だ。何故《なぜ》、アイネ・クロシンテと会ったと素直に言わない？」

――完全に疑われている。

いや、あるいはロッテが『アイネにも逃げられた』と変に誤魔化さずに報告した方がよかったのかもしれない。

まさか、盗人がアイネのことを知っているとは考えもしなかったのだ。

唇を噛みしめ、ロッテは押し黙る。

「沈黙ということは、何か言いたくないことがあるらしい」

「グイネルさんこそ、騎士の数が減って大変な時に、随分と人数を連れているではないですか」

「俺はある任務を受けてここにいるからな」

「ある任務……？」

「ああ――お前のような『裏切り者』を見つけることだよ、ロッテ・アーキス。さて、隠し事をするのは構わないが、俺はお前から色々と聞き出さねばならない。アイネ・クロシンテはどこにいる？」

せめて腰に下げた剣に手が届けば――そう考えたが、首元に強い衝撃を受けてロッテは膝を突く。

すぐに騎士達によって取り押さえられ、ロッテは完全に動きを封じられてしまった。

（アイネ、先輩……！　この辺は、もう……っ）

捕らえられた自分のことより、アイネのことを心配していた。

少なくとも、ここにアイネがいるという事実はバレてしまっている。

これから帝国内で動くアイネにとっては、大きな障害になるはずだ。

（何とかして、先輩に伝えないと……）

「それで、こいつを捕まえてどうするんだ？　簡単には吐かなそうだが」

ロッテを取り押さえている騎士が、グイネルに問いかける。

すると、グイネルは何か思いついたような表情を見せた。

「そうだな。アイネを誘《おび》き出すにはちょうどいいエサになるかもしれん」

「……っ！」

何をするつもりなのか——その言葉だけで、ロッテには容易に想像できてしまった。

＊＊＊

僕とアイネはしばらく町を回ったが、特に得られるものはなかった。

そろそろレティ達と約束している冒険者ギルドに向かった方がいいだろう、ということになり、移動を始めた時だ。

「おい、広場の方で何かやってるらしいぜ」

「何かって何だよ。祭りでも始めるのか？」

……何やら、町中が少し騒がしい。

広場の方というと、ここからそれほど遠くはない。

「何かしら……。この辺りは結構、静かで祭りなんてやらないはずだけど」

「念のため、ギルドに行く前に確認してみようか。問題なければ離れればいいし」

「そうね。本当に祭りとかやっていたら面白いかも」

アイネは冗談めかすようにして言う。

帝国に来てから少し暗い雰囲気だったが、先ほど、ロッテと再会してから明るさを取り戻しているようだった。

その様子を見られて、僕は少し安心する。

アイネと共に広場の方へ向かうと、すでに多くの人が集まっていた。

人々の視線の先には、騎士達がいて――もう一人、ロッテが縄で縛りあげられていた。

「……!?　な、ロッテ……!?」

アイネが驚きの声を上げて、すぐに飛び出そうとするのを、僕は制止する。

「アイネ、飛び出すのは危険だ」

「っ、でも！」

「分かってる。何かあれば、すぐに動けるようにはしよう」

「……っ」

僕の言葉を聞いてくれたようで、アイネは何とか飛び出そうとするのはやめてくれた。

だが、僕が押さえていなければ、すぐにでも動き出しそうだ。

二人で身を潜めながら、広場の状況を確認する。

「この女――ロッテ・アーキスはラベイラ帝国の騎士という身でありながら、犯罪者と通じている！　これは、許しがたい行為である！」

――犯罪者。その言葉が意味するのは、アイネのことか。

ロッテはアイネに協力したいと言ってはいたが、いくら何でも相手の動きが早すぎる。

先ほど話しているところを目撃されたか——確かに、気になる気配はあった。

……いや、それならば、僕達の動向を監視しているはずだ。

どちらにせよ、どこかでロッテとアイネの繋がりがバレたのだろう。

「私のせいで……っ。すぐに助けないと……！」

「待ってくれ、アイネ。こんな大勢の前で騒ぎ立てるなんて、帝国の騎士のすることなのか？」

いくら騎士が犯罪者と通じている可能性があるからといっても、縛り上げて民衆の前で晒すなど——通常では考えられない。

「私の時だって、こんなこと——」

「これより、この女の公開処刑を行う！」

「な……っ」

ロッテを捕らえた騎士の言葉に、広場にいた民衆達はどよめく。

アイネに至っては、僕を振り切って駆け出そうとしていた。

「アイネ！」

「何で止めるのよ！」

「どう見ても、君を誘き出すための罠《わな》だ」

「そんなの、分かってるわよ。でも、このままじゃロッテが……っ」

アイネの言う通りだ。捕らわれたロッテの様子を見る限り、彼女が敵側に通じているとも思えない。

つまり、このまま放っておけば——言葉の通りにロッテは処刑される。

すでに、ロッテの傍にいた二人の騎士が動き始めていた。ロッテを押さえつけ、もう一人が剣を構える。

処刑を宣告した騎士は、周囲を確認するような動きを見せた。

——やはり、ロッテを使ってアイネを誘き出そうとしている。彼女ならロッテの危機に姿を現すと考えているのだろう。

そして、その考えは正しい。

「リュノア、離してよ！」

「……アイネ、君はここから動くな」

「な、見殺しにしろって言うの!?」

「違う、僕が何とかする」

「！」

アイネは驚きの表情を見せる。

今、アイネが飛び出したとしても、その存在を騎士に知られるだけだ。

他に誰が見ているか分からない以上、あの暴挙を止めるのならば、僕が出るしかない。

ロッテの傍にいる騎士を倒し、救い出すには僕の方が適任でもあった。

ここで僕が騒ぎ起こしたら、騎士達の警戒を強めることになる。

監獄を攻める前に姿を晒すのは、かなりのリスクになるだろう。

それでも、ロッテはアイネのことを信じてくれていた子で、本音を言えば僕だって何とか助け出したい。

騎士達がいよいよ、ロッテの処刑を始めようとする。

僕ならば、まだ間に合う――腰に下げた剣の柄《つか》に手を触れ、構えた。

「……やれ！」

騎士の一人が指示を出す。

そして、ロッテの首に向かって剣が振り下ろされようとして――僕は動きを止めた。

「……な、どうしてここに……!?」

声を上げたのは、アイネだった。

広場に轟《とどろ》く轟音。ロッテの傍にいた騎士達を吹き飛ばしたのは、彼女の身の丈を超える、大きな剣だ。

「！　貴様は……！」

「――やれやれ。男が寄ってたかって、女の子一人に何してるんだい？　全く見てらんないよ。だから、全力で邪魔させてもらおうじゃないか」

「ラルハさん……!?」

僕も、驚きを隠せなかった。

ロッテを救い出したのは他でもない――ラルハ・レシュールその人だったのだから。

＊＊＊

ラルハは大剣を構えたまま、騎士達と対峙《たいじ》する。

顔を隠すようなことは一切せず――素性も完全にバレたままでの妨害行為。これは、紛れもなく『ラベイラ帝国』との敵対を意味していた。

だが、ラルハにとってはどうでもいいことだ。何故なら、

「……ラルハ・レシュール。お前はすでに帝国では手配書が回っているぞ！」

「でっちあげの罪状で、だろ。どうあれ、帝国内で犯罪者扱いされようが、国内にいなきゃ意味ないさ」

「なら、今は意味があるな。それに、この観衆の前で我々の邪魔をしたんだ――これは、でっちあげなどとは言わせない」

「ははっ、どうせ手配されてるんだから、何やったっていいってことだね。どうあれ、あんた達のやってることは『異常』だ――よっと」

ラルハが大剣をロッテに向かって振り下ろす。

不意の出来事で反応できず、ロッテは目を瞑《つぶ》る――が、その刃は彼女には届いていない。

彼女を縛る縄だけを綺麗に切断した。

「あ、あなたがどうして、わたしを……？」

「話は後にしな。まずはここを切り抜けるよ」

「なるほど、お前もアイネ・クロシンテの協力者……そういうわけか」

何かを察したように、男が言った。アイネの協力者――その認識は半分当たっている。

だが、現状ではアイネもここにラルハがいるとは夢にも考えていなかったはずだ。

「どうだかね。どのみち、敵対してる相手に話すことなんてないよ」

「そうか――だが、簡単に逃がすと思うなよ」

「グ、グイネルさん……！　このような横暴が罷《まか》り通るはずがありませんっ」

叫んだのは、ロッテだった。

先ほどまでは喋る余裕もなかったようだが、自由を得たことで怒りの表情を男――グイネルに向ける。

「それはこちらのセリフだ、ロッテ。帝国の騎士でありながら何故、帝国を裏切るような真似をする？」

「……帝国が間違ったことをしているからですっ」

「アイネ・クロシンテがそう言ったのか？　『騎士殺し』の罪人の言葉を……」

「アイネ先輩がそんなこと、するはずがないんです。グイネルさん、あなたも何か知っているのなら……っ」

ロッテが詰め寄りそうな勢いを見せるが、それを制止したのはラルハだ。

「ちょいちょい、お嬢ちゃん。いくら言ったところで、本当のことを言うような奴らじゃないよ」

「でも……っ」

「あんたがアイネを信じてるなら、今はそれでいいじゃないか。だから助けるんだからね」

「助ける、か。逃げられるつもりか？」

グイネルはそう言うと、懐から小瓶を取り出す。

何やら液体の入ったそれを一気に飲み干すと、空き瓶を放り投げた。

周りの騎士達も同じように、何かを飲んでいる――魔力増強剤か何かの類か。

「戦う前に酒でも飲んだのかい？」

「一介の騎士相手なら楽勝――そう、考えているんだろう？　甘いぞ……ラルハ・レシュール……ッ！」

「……！」

「っ、グイネルさん……!?」

グイネルの変化は、目に見えて明らかだった。目の色は赤く染まり、肌は赤黒く――筋肉は盛り上がっていく。

「ハアアアア……」

「な、何だあれは……！」

「ば、化け物……!?」

様子を見ていた民衆にも、動揺が広がっていく。

だが、グイネルは至って冷静な様子で、

「……慌てる必要はない。ラルハ・レシュールを倒すために、必要な力を手に入れただけだ……」

「あたしを倒すために、ねえ。これじゃあ、どっちが悪役か分かったもんじゃないよ。本来、あいつらからしてみれば、あんたら騎士が正義の味方だってのに」

「その通りだ。だが見栄えなど気にして、得られる力を捨て去る方が愚の骨頂だ……」

他にも小瓶の液体を飲んだ騎士には、グイネルと同様に異変が生じている――ただし、個人差はあるようで、見た目にほとんど変化の起こっていない者もいた。

「グイネルさん……あなたは一体……」

「俺か？　俺は帝国の騎士だ。お前のような裏切り者とは違う。正真正銘の……未来の皇帝のための、な」

「未来の、皇帝……？」

「その通り！　俺は——ぬっ!?」

グイネルが何か言おうとしたところで、ラルハは剣を振り下ろした。

かろうじてそれを防いだグイネルは、怒りに満ちた表情でラルハを見る。

「貴様……！　話の途中で割り込むとは……！　だが、この力があれば……！」

「はっ、そんな姿でも騎士道精神ってか？　馬鹿言ってんじゃないよっ！」

「う、おおお——がっ!?」

一瞬でも、ラルハの力に拮抗したのは驚くべきところだが、それでもグイネルでは勝てない——剣はへし折れて、グイネルは大剣によって呆気《あっけ》なく叩き斬られる。

「見た目が化け物になっても、その程度じゃあたしは止められないよ」

ブンッと大剣を振るうと、鮮血が広場に舞った。それを見ていた民衆達は、驚きの声を上げて逃げ出し始めた。

「う、うわあああ！　『騎士殺し』だ！」

「貴様……！」

他の騎士達がラルハとロッテを取り囲もうとするが、それ以上に速くラルハは動き出していた。ロッテを抱えると、人込みに紛れて動き始める。

「わ、ちょっと……!?」

「喋らない方がいいよ、舌噛むからね」

「も、もう噛んでます……!」

「あはは! そいつは悪かったね。ま、馬鹿正直に戦ってやる必要なんかないのさ。逃げるが勝ちってね」

ラルハは『ある方向』に合図を出し、その場から動き出す。この状況を見守っていた二人組に対して、だ。

＊＊＊

どうして、ここにラルハがいるのか——それは分からないが、彼女が出した合図を僕は見逃さなかった。

「……ここを離れよう」

「! でも……っ」

「ロッテさんなら大丈夫だ。ラルハさんがついてるから」

ラルハなら、あの場を脱出することは難しくはないだろう。

すでに、ロッテを捕らえた騎士の一人を両断してみせた——問題は、騎士の姿の変化だ。

――あれは、『あの時』のディルに酷似していた。

かつてリュノアに因縁をつけ、アイネに手を出そうとした冒険者の男。リュノアが首を刎《は》ねたが、異常な姿だったためにその血液を冒険者ギルドに調べてもらっている。

回答をもらう前に離れてしまったため、あれが何だったのか分からなかったが、ここで繋がった。

ディルの異変にも、帝国の作った『何か』が関わっていたのだろう。

「――ラルハさんがよくやる合図だ。彼女も冒険者ギルドの方に向かうらしい」

「ギルドの方に……？」

「ああ。冒険者ギルドはそもそも国と協力関係にあるだけの組織――彼女が身を隠すとしたら、確かにそこが一番安全だ」

「わ、分かったわ。すぐに私達も……！」

アイネの同意を得て、僕達はすぐに移動を始めた。

騎士殺し――現場は混乱しており、その騒ぎに応じるようにして、さらに人々を通じて広がり始めていた。

当然、あの場にいた騎士達だけで対応できるような状況になく、僕とアイネはすんなりと現場を離れることに成功する。

ラルハも少し遠回りするだろうが、冒険者ギルドの方にはいずれ到着するだろう。

できるだけ人通りの少ない道を選びながら、レティと約束していた冒険者ギルドまで行くと、

「こちらです」

ギルドの裏口の方を移動していると、ちょうどルリエが待っていたかのように招き入れてくれた。

僕はアイネを連れて、中に入る。

そこはどうやらギルド職員の通用口のようで、冒険者でも本来出入りが禁止されている場所だった。

「随分と慌てた様子でしたが……何かありましたか？」

「ああ、事情は説明するけど、たぶんもう一人――いや、二人ここに来ると思う」

「二人？　リュノアさんのお知り合いですか？」

「一人はそうだ。もう一人はアイネの後輩の騎士で」

「！　騎士……帝国の騎士ですか？　それは、大丈夫なのですか？」

ルリエの疑問はもっともだ。帝国の騎士――ここにやってくるのだとすれば、敵である可能性を警戒するだろう。

「大丈夫よ。あの子は、私のせいで……」

「君が悪いわけじゃない」

「……何やら事情がある様子ですね。一先ず中へ――わたくしはここで見張りをしておりますので」

「ありがとう。アイネ、行こう」

「……ええ」

ルリエに促され、奥の方へと向かう。

地下室へと繋がる階段があり、降りた先には扉があった。

人の気配が二つほどあり、中に入ると――レティと一人の男が待ち構えていた。

「やあやあ、少しぶりだね――と、何やら穏やかじゃない様子だ」

僕ではなく、アイネの様子を見てレティが言う。

ラルハが来てくれたとはいえ、まだ彼女達の無事を完全に確認したわけではないから、当然だろう。

「少し……いや、ひょっとしたら大きい問題が発生したかもしれない」

「ふむ、それは本当に穏やかではない物言いだね？　詳しく話を――っと、その前に」

「私の出番でよろしかったでしょうか？」

レティに促されるようにして声を発したのは、長身で細身の男だ。

目も開いているのか閉じているのか分からないし、何やら身体に合わないサイズの服を身に纏《まと》っている。

帝国特有のもの、というわけでもなさそうだ。

「はじめまして。私はゲイン・ポーレフ。ここのギルド長を務めさせていただいております。以後、お見知りおきを」

「！　ここのギルド長でしたか」

「ええ、ええ、その通りです。ですから、お二人ともそう警戒なさらずに」

僕だけでなく、アイネも身構えていた。

ゲインという男――何やら風貌からしても怪しげな雰囲気があるからだろうか。

「彼は心配ないよ。『土壇場で裏切りそうな男』とよく言われるが、この帝国でしっかりギルド長を務めあげる立派な男さ」

「いやはや、やはり人というのは身なりで判断されがちですから……どうにか印象をよくしたくて笑顔を作っているのですが、それも逆効果のようですねぇ」

どうやら、レティはゲインに対して信頼を置いているようだ。

ここにはラルハも来るはず――彼女も協力しているのだとしたら、問題ないのだろう。

念のため、確認はしておこう。

「ラルハさんもここに来る予定が？」

「おお、彼女とはもうお会いになられましたか？　当ギルドに協力いただいておりまして……。お出かけになられてまだ戻りませんが」

「ああ、さっき会った……と言うべきか」

「？　それは何やら含みのある言い方ですね」

「実は――」

「あたしの口から説明してやるよ、リュノア」

「！　ラルハさん」

背後から声が聞こえ、振り返るとラルハの姿があった。

思ったより早く到着したようで、彼女が抱えていたのは――

「ロッテ！」

「あ……アイネ先輩……！」

すぐに、アイネはロッテの下へと駆け出す。

二人は抱き合って、お互いの無事を確かめ合っていた。

これで一先ず、アイネの心配の種もなくなっただろう。

「なるほど。穏やかじゃない話というのは、このことかな？」

レティが状況を察したようで、僕はその言葉に頷いた。

ラルハが無事にロッテを救い出してくれたが、間違いなく騒ぎにはなっているだろう。

僕達が帝都にまでやってきたのが、敵側に知られた可能性が高いのだ。

「――なるほど、騎士の側《がわ》にリュノアくんとアイネさんの存在を知られた可能性がある、と」

「そういうことだね。一応、向こうが誘き出したかったのはリュノアとアイネみたいだったけど、あたしが割って入ったからね」

先ほどの出来事を、ラルハさんが説明してくれた。

ラルハはここでレティから僕の話を聞き、わざわざ捜しに来てくれたらしい。

ロッテと話した後、建物から出た時に感じた気配は、ラルハだったのだ。

僕に話しかける前に、ロッテが何者であるかを確認したかったらしい――そこで、彼女が騎士に捕らわれる現場を目撃したようだ。

「あの時点じゃ、まだこの子が『どっち側』か判断できなくてね。結果的に助けるのが遅れちまったわけだけど、これはあたしの判断ミスだね」

「いやいや、私でもそうしたと思いますよ。ただ、もしも向こうに動きを知られたとなれば……レティさん、早めに動いた方がいいかもしれませんねぇ」

ゲインの言葉に、レティは小さく頷いた。

「そうだね。ボク達の動きを知られていない――それがアドバンテージだったわけだし、時間をかければ監獄への奇襲はリスクが大きくなる。今日の夜にでも、決行すべきか」

「僕はいつでも構わない。やるなら夜の方がいいとは思うしね」

今の状況なら、先延ばしにする必要はない――元々、監獄には向かう予定だったのだから、それがいつになろうと向かう準備はとうにできているつもりだ。

「そういうことなら、あたしはリュノアと一緒に動くよ」

「！　ラルハさんが？　でも、僕達に協力すれば……」

「あっはっは、何を馬鹿な心配をしてるんだい。あたしはね、とっくにこの国じゃ犯罪者扱いなんだよ。仕事を受けておきながら、帝国を裏切った者としてね。ジグルデじゃない方……確か、ヴァウルとかいう騎士だね。あいつ以外にも顔を合わせた騎士がいたから、あたしが仕事を放棄したことはどうあれ帝国側には伝わるはずだったのさ。一部じゃあのヴァウルとかいう騎士を殺したのが、あたしってことになってるみたいだけど」

「それはなんというか……」

僕は思わず、言葉を濁してしまう。

ヴァウル・ディーラ――ラルハが戦っていた、剣を象《かたど》った魔法を使う騎士だ。

僕が首を刎ね飛ばした相手であり、結果的には勝っているが実力は相当なものだった。

帝国の騎士には英雄騎士以外にも、あのように実力のある者がいるのだろうか。

「元々、あたしがやるつもりだったんだから気にしなくていいさ。さっき、騎士を斬り殺しちまってるから、どのみちあたしは『騎士殺し』さ。アイネと違って正真正銘のね」

「その騎士なんですが、何か薬のような物を口にしたあとに身体が異常に発達してましたよね。あの姿の人を、僕は以前に見たことが」

「！　何だって？」

「——その件については、私から話をしても？」

　僕とラルハの話に割って入ったのは、ゲインだ。

「何か知っているんですか？」

「ええ、ええ、リュノアさん。ルナンさん——王都の冒険者ギルドの長に、血液のサンプルを提供したでしょう。そのおかしくなったとかいう人の」

「かなり前に。結果は聞けずじまいでしたが」

「その結果については、こちらのギルドにも報告がありましてね。昨今、帝国側で問題になっている『ある薬』と成分が一致しまして」

「……ある薬？」

「『英雄薬』——誰もが、帝国の英雄騎士に匹敵する力を得られる、という謳《うた》い文句があるそうで。そんなでたらめを誰が信じるんだ、と思われるかもしれませんが……実際に実力もなかった冒険者の中で、急激にAランク相当の強さを手に入れた者も確認しています」

「さっきの奴らも飲んでたね。あたしの目の前の奴は、かなり見た目がやばいことになってたけど」

「一部の冒険者でも、その症状を確認しましてね。色々探った結果分かったことです。ラルハさんが戦ったヴァウルという騎士からも、同様の薬の成分が見つかったそうで」

「……なるほどね。最初に会った時にそこまでの実力がある男には見えなかったが、薬のおかげで強くなってたわけかい。けど、あいつの見た目は普通だったよ?」

僕も、ヴァウルの姿は見ているが、ディルや先ほどの騎士のように異常は見られなかった。

「個人差や服用する量によって、影響の度合いが違う……と推察はされていますねぇ。これればかりは、作った人間に聞かないと分からないですが……騎士団の人間も使っているとなれば、やはり関係者はそこにいると考えられる」

「その薬を使って、身体に影響はないんですか?」

「時間の経過と共に、薬の成分はだんだんと排出されていくようです。ただ、少し前までは変死した冒険者もいまして……その段階では、薬も試験段階だった可能性もあるかと」

「完成品と未完成品がどっちも出回っていて、騎士が使っているのが完成品って感じだね。つまり、冒険者達は実験に使われていた」

ラルハの言葉に、ゲインが頷く。

ディルも——おそらくは帝国側から接触があり、実験体として使われた可能性がある。

思えば、僕とアイネの前に姿を現した二人は、帝国側の人間だった。

彼らがディルに薬を渡して、僕達と戦うよう仕向けたということなのだろう。

「……話をまとめると、だ。騎士の中にも英雄薬を使っている者がいて、ケースバイケースでそれなりの強さを得られる――やれやれ、監獄攻略も楽じゃないね」

肩を竦《すく》め、レティが言った。

彼女の言う通り、これから向かう監獄にだって、同じように薬を持っている人間がいるかもしれない。

英雄薬――効果の出方は人によるだろうが、本当に英雄騎士を超える力を身につける人間が、現れるかもしれない。

騎士の一人一人が、強敵となりえる状況なのだ。

「――ま、考えたところで仕方ないさ。リュノア、事前に話は聞いてるが、あんたの役割は監獄の前で敵を引き付けることなんだろ？　あたしはそっちにつくが、実際に中に入るメンバーはどうなってるんだい？」

「一応、アイネとあそこにいるルリエの二人の予定です」

「ボクは戦力外だからね！」

したり顔で言うレティだが、ラルハが加わったところで四人――少数精鋭と言っても、無理がある人数ではあった。

「できれば、ラルハさんにはアイネと行動を共にしてもらいたいんですが」

「あんたね、さっきの話を聞いただろ？　敵戦力で急に強い奴が出てくる可能性だってあるんだ。あんたが強いのは分かってるが、一人じゃどうやったって限界があるんだよ」

「ラルハさんがアイネの傍にいてくれたら、安心できるので」

「――ったく、断りづらい言い方をするね。でも、今回はダメだ。あたしはあんたの方が心配だね」

「ここでまた私から一つ。冒険者ギルドからも一人、信頼できる者をつかせましょう。ですので、リュノアくんとラルハさんの二人には思いっきり暴れてもらうという形でいかがでしょうか」

不意に、ゲインがそんなことを切り出した。

アイネ側に、一人援軍をつけてくれるということのようだ。

「ありがたい話ですが、どんな人なんです？」

「ここにいますよ」

「！　まさか、あなたが……？」

「いえいえ、私ではなく、私の後ろに」

――そう言われ、僕も初めて気配に気が付いた。

どうやら、初めからそこにいたらしい彼女は、口元まで布で覆い隠し、動きやすいことを重視しているのか、かなりの軽装でゲインの後ろに控えていた。

僕がここまで人の気配に気付けなかった経験はほとんどなく、驚きを隠せない。

「彼女はコノミ。冒険者ギルドにおける諜報活動の役割を担ってもらっております。今回の剣聖救出についても、自ら志願していただいておりまして」

「……お初にお目にかかる。今しがたの紹介の通り、拙者《せっしゃ》はコノミ。貴殿らに助力させていただきたい」

随分と風変わりな話し方をする少女——コノミが僕達の仲間に加わることになった。

——話はまとまった。

決行は今夜、監獄の正面から行くのはリュノアとラルハ。その隙を突いて侵入し、囚われているシンファを救い出すのはアイネ、ルリエにコノミを加えた三人だ。

最初は三人で行くつもりだったことを考えると、かなりの戦力増強になっている。

特に、僕の側にはラルハが加わってくれた——彼女は派手な技が多く、実力も申し分ない。

二人で共に戦うのは久しぶりだし、こんな形で協力することになるとは思わなかったが。

もう一人——コノミについては、実力は分かっていない。

だが、気配を消すという点についてはこのメンバーの中で紛れもなく一番であり、潜入という面では彼女が一番向いているのだろう。

ちょうど、アイネとコノミが話をしていた。

「アイネ殿、共に向かわせていただくことになり申した。シンファ殿を救い出し、剣聖を奴らから解放しましょう」

「そのつもりだけれど……なんか変わった話し方をするのね」

「拙者の一族は皆、こう故に。聞き苦しければ申し訳ない」

「いえ、そうわけじゃないわ。でも帝国の出身ではないわよね？　聞いたことないし」

「一族の生き残りは拙者のみ。知らないのも当然」

「！　それは、悪いことを聞いたわ……ごめんなさい」

「お気にならさずに。実は……拙者はかつて剣聖殿に救われた身。こうして生きていられるのもあのお方のおかげ――故に、今回助力をさせていただく」

「そうなのね。私も見ていたけれど……気配が分からなかったし、潜入についてはあなたが一番期待できそうね」

アイネも僕と同意見のようだ。

監獄への潜入――明らかに危険は伴うが、ここのギルド長であるゲインも『諜報活動』の役割を彼女が担っていると言っていた。

彼女には期待したいところだ。

「あの、アイネ先輩」

アイネの隣で話を聞いていたロッテが口を開く。

先ほどまで、ロッテはアイネとずっと話をしていた――迷惑をかけた、とお互いに謝って慰め合っていた。

どちらも悪いなんてことはない——責められる者がいるとすれば、それは彼女達を狙った帝国の騎士だ。

「どうしたの、ロッテ」

「……わ、わたしも、連れていってもらえませんか？」

「！　それは……ダメよ」

「ど、どうしてですか？　わたしでは、やはり頼りにならない、ですか……？」

ロッテは泣きそうになりながら、言葉を続ける。

「もう、わたしは騎士団にも戻れません。なら、アイネ先輩に協力したいんです」

「気持ちは嬉しいけれど——」

「やめときな、あんたは足手まといだ」

「——！」

アイネの言葉を遮《さえぎ》ったのは、ラルハだ。

動揺するロッテに対して、

「奴らに捕まったばかりだろ？　少数精鋭——監獄内では分かれて行動する可能性もある。一人でも捕まったら、一気に不利になる可能性があるんだ」

こうしてはっきりと言えるのは、ラルハらしいと言える。

ロッテが実力不足かどうか、それは僕にも分からない。

だが、騎士に捕まってしまったのは事実であり、周りは敵だらけの監獄内で同じ状況になったら――アイネはきっと、彼女を救うために動くだろう。

それは、間違いなくリスクであると言えた。

「……わ、わたしは――わたしは……」

ロッテは言葉を詰まらせる。反論をしたいのだろうが、言葉が見つからない、といった様子だ。

「……ロッテ、あんたは無理しなくていいの」

「む、無理なんてしていません！」

「私、あんたが信じてくれてたって事実だけで、嬉しかったわ。だから、これ以上は私のために負担をかけたくないの」

「負担なんてことは……ありません！　わたしだって、騎士なんです！　帝国の騎士だからこそ、彼らの横暴を許すことは……絶対にできませんっ」

「ロッテ……」

ラルハにそこまで言われても、ロッテは引くことはなかった――逆に、強い意志すら感じられる。

みながアイネを信じなかった中でも、信じ続けただけの強い精神力があるのだ。

僕は、そんな彼女を見て『頼れる人物』であると感じると共に、アイネの言う『負担をかけたくない』という気持ちも理解できてしまった。そんな時、

「なら、ボクの護衛をしてくれないか？」

切り出したのはレティだった。

監獄に入るわけでも囮《おとり》になるわけでもない彼女は、唯一メンバーの中で自由枠、というような扱いになっている。

「あなたの護衛、ですか？」

「そうだ。ボクの役割については話していなかったが、基本的に彼らのサポートに回る。たとえば監獄から救出した後、全員で逃げるルートの安全確保とかね。ボクは戦闘力がほとんどないもので、護衛の一人でもいるとありがたい。ゲインが誰もつけてくれないからさ」

「いやぁ、つけたいのは山々なのですが、信頼できる人物の選定や『敵』のことを考慮すると難しいですよねぇ」

痛いところを突かれた、といった様子でゲインは頬をかく。

当然、ここに冒険者を何人も投入すれば――冒険者ギルドが帝国と敵対関係にある、ということが明白になるだろう。

協力したくても限界がある――そんな中で、ロッテに役割を持ってもらおうというわけ

だ。

「どうかな？　無論、敵地であるために決して安全なわけじゃない。あの周辺は魔物も出るし、自信がないのなら――」

「やります、わたしにやらせてください」

「！　ロッテ……」

「すみません、わがままばかり言って。でも、もう見ているだけで何もできないなんて……嫌なんです。だから、お願いします」

「……無理だけは絶対にしないこと、いいわね？」

「それはもちろん。というか、一番無理しそうなのはアイネ先輩ですよね……？」

「そ、そんなことないわよ！　一番危ないのは……」

ちらりと、アイネの視線が僕に向けられる。

さすがに苦笑するしかなかったが――否定はできず、僕は押し黙るしかなかった。

「ではでは、話もまとまったことですし、夜まで休息としましょう。ここは自由に使っていただいて構いませんので」

ゲインの言葉を受けて、僕達は監獄へ向かうまでの時間をここで過ごすことになった。

第四章

――僕とアイネは、多くの言葉は交わさなかった。

お互いに、もう決めたことだ。今更、話した方が決意が揺らぐ可能性だってある。

あとは互いに、やるべきことをやるだけだ。

『アルゼッタ監獄』――僕達がこれから攻め込む場所。帝都からそれほど離れた場所にはないが、周辺に人の気配はなく、鬱蒼《うっそう》とした森に覆われている。

すでに、全員が作戦通りに動き出していた。

「さてさて……こういう荒事は久しぶりだねぇ」

「ラルハさんは騎士ともやり合ったばかりじゃないですか」

「あんなのは荒事のうちに入らないさ。今からやることに比べたらね」

「まあ、そうかもしれませんね」

僕とラルハはそんな会話をしながら、監獄の入り口付近までやってくる。

少し大きめの門があり、見張りと思われる騎士が数名、入り口の横と門の上に立っていた。

「止まれ！　ここに何の用だ！」

「なぁに、用ってほどのことはないよ。ちょっと面会しに来ただけさ」

「面会だと？　そんな申請は来ていない――ん、待て。貴様……ラルハ・レシュールではないか……!?」

ラルハは名を呼ばれると、肩を竦《すく》めた。

彼女はやはり、帝国ではすでに知られる存在となっているようだ。

すぐに、見張りの騎士達が戦闘態勢に入る。

「貴様、自分が指名手配をされていると知りながら、ここに来たのか？　自首するつもりならば、こちらも手荒な真似をするつもりはない」

「お優しいねぇ。けど、生憎《あいにく》と……あたしは自首するために来たわけじゃないよ」

「何だと？」

「言っただろ、面会だって。ほら、通してもらう――よっ！」

ラルハが大剣を振り上げ、魔力を込めて思い切り門へと向かって振り下ろす。

地面を割るほどの魔力と共に、強大な一撃が監獄の門を叩いた。

ピシリッ、とひびの割れるような音が響き渡る。

「ありゃ、さすがに一発じゃ割れないか」

「な、何ということを……！　緊急で伝令を回せ！　賊が直接、攻め込んできたぞ！」

「はっ、いいねぇ。どんどんこっちに応援を寄越しな。さて、まずはこの門を破壊するとしようか」

「――させるか！」

門の前に控えていた騎士達が動き出す。

圧倒的な威力を前にして、怯《ひる》むことなくやってくるのは、さすが帝国の監獄を守護するだけのことはあるだろう。

「君達の相手は、僕だ」

「！　お前は……何者だ……!?」

当然の疑問だろう。

僕はまだ、帝国では名を知られていない。

けれど、ラルハだってすでに指名手配をされて――それでも僕達に協力してくれている。

なら、僕だってもう、逃げるような真似はしない。

ここからは、いかに目立つかが重要なのだ。

「『二代目剣聖』――人は僕をそう呼ぶ。後ろにいる彼女と同じ、Sランク冒険者のリュノア・ステイラーだ」

わざわざ名乗りを上げると、騎士達は驚きに目を見開く。

ラルハがSランクの冒険者であることは周知だろうが、その隣に立つ僕も同じだとは、思ってもいなかったのだろう。

騎士達の動きが止まった隙に、僕は後方へと下がる。

「ラルハさん！」

「任せな――はあああああっ！」

気合いの入った掛け声と共に、ラルハが大剣を振り下ろす。

先ほどよりも、もっと大きな一撃は――監獄の門を完全に砕いた。

「な、なんということを……！」

呆気にとられる騎士達に対して、僕とラルハは悠々と監獄の中へと足を踏み入れる。

そこは広場となっており、囚人達は奥にある建物にいるのだろう。

アイネ達は、裏のルートから中へと侵入する手筈になっている。

「お、来たね……敵がわんさか」

監獄の中から、次々と完全武装した騎士達が姿を現す。奇襲だったにもかかわらず、対応の速さには驚かされた。

「明確な敵以外は殺すな――そんな話だった気はするけど、悠長なことも言ってられないかもねぇ」

「……そうですね」

帝国の騎士、全てが敵ではない。

ロッテのような、真っ当な騎士だって存在しているはず——それに、僕達の目的はあくまで、救出だ。

そのための時間稼ぎを今からするのだ。

「さてと、気合い入れなよ、リュノア」

「はい、分かっています」

僕とラルハは剣を構えて——向かってくる騎士達と対峙《たいじ》した。

＊＊＊

「リュノアとラルハが動いたね。これで、監獄内の戦力は一か所に集中するだろう。次は——ボクらの番というわけだ」

アイネを含めたメンバーは、監獄の裏側にいた。

監獄の正面に対して、こちらには、入り口が存在しない。

理由は単純で、周囲を森で覆われているために、わざわざここから受け入れる必要などないからだ。

だが、侵入者への対策は万全であり、ありとあらゆる罠《わな》が張り巡らされているのだ。

それを、レティが『怠惰《たいだ》の魔槍《まそう》』によって停止させ、その間に罠を破壊することで、敵にバレずに近づくことができた。

「ここからの退路については、ボクとロッテで確保しておく。中に入るのは、君達三人だ」

「ええ、分かっているわ」

レティの言葉に、アイネは頷く。

アイネとルリエ——それに、コノミを加えた三人で、これから監獄の裏側から侵入する。

高く隔たれた外壁が目の前にあり、いきなりの関門——と思われたが、

「ここは拙者《せっしゃ》が」

コノミはそう言って、外壁に足をかける。

正確に言えば、壁に足をかけるような場所など一切なく、手で触れても滑ってしまうほどなのだが、コノミはそのまま壁を真っすぐ駆け上がっていった。

「……!?　ど、どうなってるの？」

「足元に魔力を集中させ、それを変質させているのでしょう。言葉にするのは簡単ですが、おそらく習ってできる類のものではないかと」

ルリエは仕組みを理解している様子だが、おそらくは彼女の言う通りだ。

仮にやり方を学んだとしても、一朝一夕でできるような技ではない、ということだ。

コノミは難なく壁を登りきると、すぐ近くに縄をかけて、アイネとルリエが入れるよう

にぶら下げてくれる。

「アイネ、君には念を押しておくが、『色欲の魔剣』はできる限り使わないように」

「分かってるわよ。救出だけなら、使わないで済むことを願うわね」

レティの言いたいことは、アイネも分かっている。

色欲の魔剣——アイネは適合しているために、その能力を引き出すことができ、上手《うま》く扱えばSランクの冒険者にも匹敵するほどの力を得ることができる。

監獄を攻略する上でも間違いなく有用な武器なのだが、使用すること自体がアイネにとってリスクとなっているのだ。

だが、リュノアやラルハが引きつけてくれているとはいえ——監獄内は敵だらけ、ということになる。

攻略する上では、どうしても必要な場面が出てくるかもしれない。

その点についても、アイネは重々に理解しているつもりだ。

シンファを助け出し、オーヴェルを自由にすれば、それでリュノアとアイネの役目は終わる——あとはレティ達が何とかしてくれることを信じて、待つだけなのだ。

だから、今に全力を尽くす、ということもアイネは考えていた。

ロープを伝って登りきると、そこにはかつて見た監獄があった。

「……っ」

アイネは思わず、息を呑む。

裏側から見たことはないが、中に収容されれば逃げ出すことなど、まず不可能とさえ思える場所。そこに自ら入らなければならないのだ。

怯えるな、という方が無理なのかもしれない。

だが、アイネはすぐに気持ちを切り替える。

少しでも迷えば、それだけリュノアが危険に晒される時間が増えるのだ。

監獄の中に入るのは危険が伴う――だが、リュノアとラルハは、騎士達を引き付けるために戦っている。それよりも危険なことはないだろう。

「事前に共有した通り、監獄内のある程度の構造については――」

「覚えているわ。私は、前に入れられたこともあるし、帝国の騎士だったもの」

「わたくしも問題ありません」

「では、まずは拙者が上層に。連絡はこれで」

コノミが懐から取り出したのは、一つの魔道具だ。

魔力を流し込むことで、同じ魔道具を持っている者と会話ができる。

魔力によってお互いを判別でき、たとえ別の誰かに取られたとしても、その会話を盗み聞くことはできないようになっている優れ物だ。

ただし、数は少なく、現状では中に入ることになる三人と、外にいるレティしか持っていない。

戦いの場にいるリュノアやラルハは、場合によっては気を散らすことに繋がるために、救出成功の合図はレティが出すことになっている。

「……さっさと見つけ出して、脱出するわよ」

アイネの言葉と共に、全員で動き出す。

外壁から飛び降りて、入り込んだのは監獄の三階だ。

構造としては五階建てとなっているが、帝国が危険人物と判断した者は地下深くに投獄される。

おそらく、シンファが投獄されているのは地下だ。

シンファが危険人物というよりは、地下に投獄するのが一番安全というわけだ。

だが、全員で地下に向かってシンファを見つけ出せなかった——では話にならない。

現状、監獄内にいることは間違いないようだが、どこにいるかまでは把握できていない。

だから、まずは二手に分かれる。

コノミが上層へと向かい、アイネとルリエは下層へと向かっていく。

コノミの動きを見て分かったが、彼女ならば見つからずに監獄内を動くことも可能かもしれない。

「後ほど合流しましょう。ご武運を」

コノミはそう言うと、早々に動き出す。

すぐ中へと入り込む通路を見つけたようで、アイネは思わず感心してしまう。

「……私達もあそこから行けそうね。ルリエ、行くわよ」

「お待ちを。レティ――」

ちらりと、ルリエが外壁の下にいるレティの方を見る。彼女から投擲《とうてき》されたのは、『怠惰の魔槍』だ。

ルリエとレティの武器は共有であり、レティが武器を手放せば――その時点で彼女は無防備になる。

そこで、彼女を守る役目を担うのが、ロッテだ。

アイネもまた、下にいるロッテに視線を送る。互いに言葉は交わさずに、無言で頷いた。

あとは、やるべきことをやるだけだ。

「これで準備は万端です。参りましょう」

「ええ、必ず無事に戻るわよ」

アイネとルリエは、コノミの見つけた通路を通って監獄内へと侵入した。

＊＊＊

――監獄内、五階の監獄長室にて。

黒を基調とした看守の服に身を包む長髪の女性、ココル・ゴルゴンタの下へ一報はすぐに入った。

「ご、ご報告致します！　正面入り口より侵入者が二名！　一人は帝国内ですでに手配されているラルハ・レシュール！　もう一人は、彼女と同じくSランク冒険者のリュノア・ステイラーだという情報が……」

「リュノア・ステイラー――あの方の言った通りねぇ……」

「は、あの方……？」

「いいわぁ。正面入り口は適当に時間稼ぎをしておきなさい。本命は、すでに中に入っているんじゃないかしらぁ」

ココルは冷静に状況を分析した。

真正面から二人の冒険者、いずれもSランク――これほど目立つ囮《おとり》は、他にないだろう。

何より、それほどの手練《てだ》れならば、すぐに監獄内へと入ってきてもおかしくはないのだが、わざわざ看守の相手をしているようで、攻め込んでこない時点で怪しい。

（もう一つ……リュノア・ステイラー。アイネ・クロシンテの今の持ち主、ね）

ココルはアイネの首輪の秘密を知る者の一人であり、リュノアの名を聞いた時点で、ここに彼女が来ていることも容易に想像できた。

「な、中に入られているのが本当であれば、精鋭部隊を集め――」

「必要ない。我々が対処する」

「！」

看守がココルに提案しようとした時、背後から声が聞こえて振り返った。

そこには、先ほどまで姿すらなかったはずの四人の看守の姿があった。

先頭に立つのは、ゴーグルつきのマスクで仮面を覆った男。他に、包帯で全身を巻いた者や、不器用に布で顔を隠した大男など――奇抜な姿の者が目立つ。

だが、いずれもこの監獄を管理する腕の立つ戦士だ。

同時に、監獄で起こる出来事の全てに対して、対処する権限を持つ。

「監獄長、看守長四名――ここに」

「ほとんどの看守は入り口に回すけれど、四人で中は守り切れるわよねぇ？　ま、私も中を守るけれど」

「お任せください。すぐに賊を見つけ次第、捕らえます」

「ああ、殺して構わないわよ。生かしておくのは……アイネ・クロシンテだけで。おそらく狙いは、シンファ・スヴィニアだから」

「承知しました。では――任務を遂行します」

言葉と共に、四人はすぐに部屋から出ていく。

看守は呆気にとられたまま、その状況を傍観するしかなかった。

「あなたは……隣の部屋にいる子の面倒を見てちょうだい。私も、ここを離れるわぁ」

「はっ、隣にいる子、とは……？」

「あらぁ、通達したつもりで忘れていたわぁ。一応、皇族の一人なのだけれどぉ……ま、あまり気にしなくてもいいわぁ。視察っていう名目で、ここに送られてきただけみたいだし。うふふっ、災難よねぇ」

「こ、皇族!?　わ、私なんかでいいのでしょうか……？」

「なら、入り口の方にでも行く？　誰でもいいのだけれど」

「い、いえ！　役目を果たさせていただきます！」

「ふふっ、いい子ねぇ。ちゃんと面倒見られたら、後でご褒美あげるわぁ」

「！　あ、ありがとうございます！」

看守が頭を下げ、見送られるようにしながら、ココルはゆっくりとした足取りで部屋を出ていく。

出たところで――ココルはその場に待機していた男に声をかける。

「そういうわけだからぁ……あなたがここに来た意味、分かっているわよねぇ？」

「……ああ」

男は静かな声で答えた。

しっかりと結んだ黒髪と、赤い瞳――それに、褐色の肌。腰に下げるのは一本の剣で、これ一つで文字通り『最強』の名を手にした男だ。

この状況を予期していたある人物から、送られてきた最強の剣士。ぶつけるのにちょうどいい相手が、監獄の入り口に来ているのだ。

「期待しているわよぉ、『剣聖』――オーヴェル・スヴィニア」

＊＊＊

「――そらよっと！」

ラルハが大剣を振り回し、大盾を構える数名の騎士に向けて切り払った。

屈強な身体つきの騎士達は隊列を揃えていたが、ラルハのその一撃で一気に崩壊する。前方にいた数名の騎士は、まるで大きな魔物にでも殴られたように後方へと飛ばされていった。

「さあさあ、どんどん来な！　片っ端から吹き飛ばしてやるからさ！」

ラルハは時間が経てば経つほど、徐々に魔力が高まっていくスロースターターだ。

もちろん、戦い始めた段階からSランクの冒険者なだけあって実力は十分だが、勢いに乗った彼女には僕も勝てるかどうか分からない。

監獄というだけあって、そこにいる騎士の実力もあるはずだが、ラルハは物ともせずに蹴散らしていく。

身に纏《まと》う魔力を見るに、最高潮を迎えるのは時間の問題だった。

僕は、そんな彼女をサポートするような立ち回りをしている。

ラルハは大振りな分、隙が多く、もちろんその辺りは一人でもカバーできているが、露払いさえすればもっと完璧だ。

やってくる騎士を斬り伏せるが、僕達の目的はあくまで時間稼ぎ。派手に戦って目立ちこそすれ、攻め入るまではいかない。

だが、防戦には回らない――そういう意味では、圧倒的な火力で敵を攻撃できるラルハの目立ち方には助かっている。

僕が動けば正直、今の相手ならば中に入り込むことは難しくなく、いつまでも入り口付近でもたついていては怪しまれかねないからだ。

「前に出ろ！　絶対に入れさせるな！」

向こうの士気もまだ高く、ラルハの強さを目の当《ま》たりにしても、次々と前進してくる。

「ははっ、いいねぇ……盛り上がってきた！」

ラルハはにやりと笑みを浮かべ、大剣を構えた。――目的を忘れているのではないか、というくらい楽しんでいるように見える。

彼女は元々、戦いを好む節はある。次々と迫ってくる敵に対して、存分に力を振るえる状況というのは、中々限られているだろう。

何せ、彼女が本気を出す前には、大抵の相手は倒せてしまうからだ。

もちろん、殺すために剣を振るっているわけではないために、ラルハが本当の意味で力を発揮しているとは言い難《がた》いが。

だが、敵もただ攻め込んでくるだけではない。

後方には弓兵が構え、魔法を放つ者もいる——ラルハが魔力を纏っている状況では、多少の遠距離攻撃は通らないが、それでも僕達はどちらも近距離での戦いを得意としている。

僕よりは心配ないだろうが、ラルハにだって魔力の限界はあるのだ。

あとどれくらいの時間戦えるか——いずれにせよ、敵が全ていなくなることはない。

その前に、敵の援軍はやってくるはずだ。

できる限り敵の戦力を削りつつ、アイネ達を信じて、僕とラルハは剣を振るう——そこに、一人の男が降ってきた。

「——っ！」

ラルハが後方へと下がる。

男は監獄の窓を突き破って、一番高い階層から僕とラルハの前まで跳躍してきたのだ。

並大抵の身体能力ではなく、何より彼は騎士の格好をしていない。

だが、正体すら分からない男を見て――僕はすぐに悟った。この人は強い、と。

「真打ち登場……ってわけかい？　やっぱり、監獄ならそれなりの実力者は控えてたか」

「――生憎と、俺は監獄を守るためにここにいるわけじゃねぇのさ」

男はゆっくりとした動きで顔を上げ、僕とラルハの前に立った。

腰に下げたのは一本の剣。動きやすそうな服装を見るに、やはり帝国の騎士ではないのだろうか。

王国や帝国でも見ない風貌だった。

「侵入者は二人って聞いてたが、マジなんだなぁ……こいつぁ驚きだ。Sランクの冒険者だったか？　俺も同じなんだよ――というか、俺がSランクに初めて認定されたんだがな」

「！　まさか、お前……」

ラルハが何かに気付き、驚きに目を見開いた。

初めてSランクに認定された冒険者――目の前にいる男が、僕やラルハの先達ということになる。

男が腰に下げた剣を抜き放った瞬間、僕の脳裏にも過《よ》ぎった。

ここに囚われているのは、剣聖の娘だ。

その娘を取り返されないように、剣聖本人を使う――あり得ない戦略ではない。

答えは、すぐに彼の口から聞くことになる。

「もう気付いたか？　俺はオーヴェル・スヴィニア。一応、剣聖なんて肩書で呼ばれてるが、見ての通りのおっさんさ」

そう言うが、男——オーヴェルの肉体が鍛え上げられているのは、見れば分かる。

一切の無駄のない肉体。手に握る剣の刀身は、ずっと使われてきたのだろうが、よく手入れをされており、その一本で戦ってきたのが分かる。

僕ですら、同じ剣で戦い続けることは難しいというのに、オーヴェルはそれを可能としてきたのだ。

あるいは、その剣に特殊な加工を施している可能性はあるが、剣に対するこだわりの違いは大きい。

「おお、オーヴェルだ……」

「我々にあの剣聖が加勢を……！」

「勝てる、勝てるぞ！」

一気に、騎士達の士気が上昇していく。オーヴェルという存在は、それだけ大きいのだ。

だが、オーヴェルは僕達に背を向けると、地面に向かって一本の線を引く。

騎士達は何をしているのか分からない、といった様子でオーヴェルを見た。

「この線を越えた者は命の保証はしねえ。あいつらはそれくらいの実力がある」

「！」

オーヴェルは騎士達に警告した——その場にいた誰一人として、反論する者はいない。

実際、彼らは苦戦していたし、オーヴェルが言うからこその説得力、というところか。

改めて、オーヴェルが僕達の方へと向き直った。

「さて……どうする？　俺は二人同時でも構わねえよ」

「やれやれ、舐められたもんだねぇ。あたし達を相手に、一人でやれると？」

「試してみりゃ分かるさ」

「……」

オーヴェルの言葉に、ラルハは答えない。彼女も分かっている——彼の実力は本物だ。

僕達はオーヴェルの娘を助けに来たが、彼は娘を人質に取られている以上、敵対するしかないのだろう。

ならば、ここでオーヴェルを確実に倒すのではなく、ギリギリまで時間を稼ぐのが無難だ。

僕は前に出て、オーヴェルと対峙する。

「ラルハさん、オーヴェルとは僕一人で戦います」

「！　リュノア、いくらあんたでも——」

「分かっています。でも、それが最善かと」

「……否定は、まあできないね」

ラルハは小さく溜め息を吐くと、ゆっくりとした足取りでオーヴェルの傍《そば》に向かい、そのまま通り過ぎる。

そして、オーヴェルの引いた線を越えて振り返った。

剣を地面に突き刺して、言い放つ。

「見届けてやるさ、あんた達の戦い。もしも、この線を越えようとする奴《やつ》がいれば、あたしが止めてやる」

「別に、その線は邪魔者を排除するためのもんじゃねえんだが……まあ、いいさ。俺とやるのはお前一人でいいんだな？　若いの」

「……ああ、僕はリュノア・ステイラーだ」

「二代目剣聖――そう呼ばれているらしいな。剣術に優れた者の話は、俺の耳によく届く。お前のことは結構前から話に聞いてたさ。ここにいる目的も把握はしているつもりだが……悪いな、加減はできねえぜ？」

「構わない。僕も全力で戦うつもりだ」

互いに多くの言葉は交わさず、剣を構えて向き合った。

剣聖と二代目剣聖――剣を極めた男達の、戦いが始まった。

＊＊＊

「門の方だ！　急げ！　襲撃者に押されているぞ！」

「Sランクの冒険者が二人だって……!?　いきなり何だってんだよ!?」

どんどんと騒ぎは大きくなり、慌てながらも監獄内を走り回る看守達の姿が目立つ。

一部の看守はやはり、警戒態勢を敷くために残っているようだが、数はかなり減っている――アイネとルリエは、二人で身を潜《ひそ》めながら、監獄内を進んでいた。

「身を隠すことができない通路がいくつかあります。仮にそこに見張りがいた場合は――」

「先手必勝、ってことでいいのかしら？」

「理解が早くて助かります。では、参りましょう」

リュノア達が敵を引き付けてくれているとはいえ、それでも全員がいなくなるわけではないし、監獄内の警備は最低限、存在している。

当然、中での戦闘も避けられないはずだ。

――だが、狭い通路での戦いとなれば、最も力を発揮するのはルリエであった。

「……？」

槍の力によって突然、脱力した看守は何が起こったかも分からないだろう――そのまま、アイネの強い一撃によって昏倒《こんとう》する。

見張りは多くても二人組であり、ルリエが動きを止めて、アイネが倒すコンビネーションで十分に攻略可能であった。

潜入してから順調に二人は進んでいき、念のため監獄内を確認していく。

やはり、上層の方にはシンファの姿はないようで、アイネとルリエはそのまま下の階層へと進んだ。

時折、小隊クラスの人数が通路を通る場合があり、その時は近くの部屋に身を潜めてやり過ごす。

「……今のところは順調ね」

「そうですね。監獄の警備は厳重ですが、やはりリュノアさんとラルハさんの陽動が功を奏しているかと」

「リュノア……」

アイネは思わず、拳を握りしめる。

時間をかければかけるだけ、リュノアに負担がかかる——だが、やはり監獄内ともあれば、どうあれ慎重に動かなければならない。

向こうが陽動で、こちらが本命であることに気付かれてはならないのだ。

「どうやら行ったようです。すぐにここの階層も調べていきましょう」

「ええ、分かったわ――」

二人で部屋の外に出て、駆け出そうとした瞬間だった。

「おやおや、こんなところに可愛《かわい》らしいお嬢さん方が……何をしていらっしゃるんですか？」

「――っ！」

アイネはすぐに反応して、剣を振るう。

しかし、ギリギリのところでかわされた。

目の前の男はほとんど気配を感じさせずに、アイネの後ろを取った――只者《ただもの》ではない。

「そんなに驚かないでください。別に手を出そう、となんて考えてはいませんから」

随分と物腰柔らかい態度ではあるが、男が着用しているのはここにいる看守と同じ物だ。

ただし、仮面とゴーグルによってその表情を窺うことはできない。

「手を出すつもりはないって、あんたから見たら私達は侵入者でしょ？」

「ええ、その通りですよ。ですが、アイネ・クロシンテさん――あなたは、捕らえるように命じられておりますので」

「……！　潜入は、バレてたってことね」

こうなってくると、少し話は変わってくる。

だが、先ほどの小隊も含めて、アイネ達に気付いた様子はなかった。

まだ、バレているとしても少数、といったところか。

「あんたを倒せば……まだギリギリってところかしら」

「ふふっ、せっかちなお方だ。私はあなたに手を出すつもりはない……そう言ったではありませんか」

優しげな口調、微笑《ほほえ》み――いずれを取ってみても敵意は感じられないが、だからこそ警戒すべき相手だ。

アイネは剣を構えたまま、後ろにいるルリエに声を掛ける。

「ルリエ、あんたならやれるわよね」

だが、返事はない。

ここでようやく、背後にルリエの気配が存在しないことに気付いた。

振り返ると、そこには誰もおらず――近くには人の気配も一切、存在していない。

「……！　まさか」

「おや、もうお気付きになられましたか？　すでにご自身が、囚《とら》われの身であるということに」

監獄を模した結界魔法の類――アイネだけを捕らえて、すでに閉じ込めていたのだ。

アイネだけでなく、ルリエにも気付かれることなく、目の前の男はそれを可能にした。

「私はオーネスト・アーリ――看守長の一人です。あなたはここで、直《じき》に終わるだろう戦いを、静かに待っていればよいのです」

「……冗談言わないでよ。看守長だか知らないけど、私は急いでるの。私を結界に閉じ込めたくらいで、勝てると思わないでよね」

アイネは焦ることなく、剣を構えて男――オーネストと対峙する。

時間はかけていられないのだ、アイネはすぐに動き出した。

オーネストは、ほとんど気配を感じさせることなく、アイネの背後に姿を現した。相当な手練れである――そう思わせたが、対面する限りでは、それほどの強さは感じられない。

（……どういうこと、この違和感は……）

アイネも、剣士としては相当な実力者である。

ましてや、油断を一切していなかった状況で、背後を取られるなど信じられなかった。

声を掛けられるまでは、気付くことすらできなかったのだから。

しかし、アイネは様子見することなく、オーネストと距離を詰める。

まずは素早い剣撃を数発。いずれもオーネストによってギリギリのところでかわされ、彼はそのまま後方へと下がった。

「無駄なことですよ。私にあなたの剣は届きません。すでにあなたは囚われの身なのですから、大人しくしていなさい」

「私は急いでるって言ってるでしょ！」

アイネは再び、オーネストとの距離を詰めた。動きを見極めるようにしながら、フェイントも交えて剣を振る。

しかし、剣は虚空を斬るばかりで、オーネストに当たる気配は全くない。

「……っ」

アイネに少し、焦りの表情が出てくる。オーネストが反撃してこないのは、おそらくアイネを捕らえたいからだろう。

いや、彼の視点からすれば、すでに捕らえている状態なのだ。

オーネストの動きが速いわけでもなく、アイネの攻撃は確実に彼を捉えているはずなのに——一向に当たらない。

幾度となく剣を振るったところで、再びオーネストが後方へと下がった。

「これで分かったでしょう。無駄なことなのです。あなたではこの私には決して勝てません」

「反撃してこないのは、余裕のつもり？」

「傷つける理由はありませんから。私はここの看守長——囚人を痛めつけるような趣味は毛頭ございません。ただ、反省してくれればよいのです」

オーネストは優しげな表情で言うが、言葉に感情はこもっていない。

こんな時、リュノアがいれば——考えた瞬間すぐに、首を横に振る。

今、リュノアはアイネ以上に危険な状況にあるのだ。看守長だろうが何だろうが、敵一人相手に時間を掛けてはいられない。

（結界魔法の類なら、どうあれこの男を倒しさえすれば、出られるはず……）

魔法によって作り出された空間に閉じ込められているに過ぎない。

そもそも、維持するだけでもかなりの負担があるはずだ――つまり、オーネストはアイネに攻撃しないのではなく、できない可能性がある。

早く終わらせるために、アイネの脳裏に浮かぶ手段が一つあった。

（……『色欲の魔剣』なら、動きを察知するのも容易なはず）

今のアイネではできないが、色欲の魔剣は――全ての感覚を研ぎ澄まさせる。避《よ》けようとするオーネストを斬ることも、難しくはないだろう。

発動してすぐに解除すれば、そう考えるが、レティからは極力使わないように指示を受けている。

それこそ、追い詰められるまでは使わない方がいい、という選択肢だ。

（いえ、こんな相手に使っていたら……きっとこの先もたないわ。私だけの力で、倒さないと……）

アイネは覚悟を決めた。毅然とした表情で睨《にら》むが、オーネストの態度は変わらない。

「まだ諦めないつもりですか？　共に全てが終わるのを待ちましょう」

オーネストに覚える違和感には、何かある。

先ほどから逃げてばかりで、決して近づいてこようとはしない。掠めたと思った一撃でさえ、全くの手ごたえがなかったのだ——そこで、アイネはあることに気付く。

背後を取ることができたにもかかわらず、アイネに攻撃をしてこなかった理由だ。

声で知らせて姿を見せたのは、そうする必要があったからではないか、と。

「……そういうこと」

「どうかしましたか？」

「一つ試してみたいことがあるのよ」

「無駄だとは思いますが。私には、あなたの攻撃は通じないのですから」

「なら、こういうのはどう？」

アイネはそう言うと、オーネストに背を向けて走り出した。

「！　何を……」

オーネストはすぐに、アイネを追いかけてくる。

しかし、それはあくまで目で見た場合だけで、オーネストにはそもそも気配がない。

消しているのではなく、そこに存在していないのだ——いや、少しだけ魔力らしきものは感じられる。

目の前にいるオーネストは、すなわち生身ではない。

（監獄全体を作り出すほど、高度な魔法が使えるとは思えない――精々、このフロアの一部程度だとすれば……）

どんどんと後ろに下がっていたのは、隠れているオーネストの本体から遠ざけたかったのではないか、とアイネは考えた。距離さえ詰められたら、気配で分かる。

しばらく走ったところで、アイネは不意に足を止めた。

「……ようやく、諦めてくれましたか？」

「そんなわけないでしょ。むしろ、私の考えが当たったみたい――ね！」

アイネはその場から勢いよく飛び出すと、剣で何もない壁に一撃を繰り出した。

すると、金属音が響き渡り、そこにいなかったはずのオーネストの姿が現れる。

「……まさか気付かれるとは」

「幻惑魔法で自分の姿を偽って時間稼ぎをしようなんて、随分と小賢しい真似するじゃない」

「やれやれ、大人しく待っていればいいものを……これでは、私が直接相手をしなければならないではないですか」

呆《あき》れたように言いながら、オーネストが剣を構える。

アイネの一撃を防いだからには、剣術の心得もあるのだろうが――問題ない。

すぐにオーネストとの距離を詰めると、斬り合いが始まった。

先ほどとは違い、オーネストは避けるのではなく、アイネの剣をさばこうとする。

しかし、数度打ち合っただけで、表情に変化があった。

「……っ！」

「並の騎士よりは腕に自信があるみたいだけれど……残念ね。純粋な剣術勝負なら、私の方が上よ！」

キィン、と剣を弾《はじ》く音と共に、一閃《いっせん》。アイネの一撃がオーネストを捉えた。

「がっ、はっ……」

オーネストは膝を突いて、その場に倒れ伏す。

すると、徐々に周囲の景色が崩れていき――元のいた場所へと戻ってきた。

「……ふぅ」

一呼吸、吐き出して、アイネは剣を鞘《さや》に納める。

何とか、色欲の魔剣に頼らずに敵を倒すことができた――しかし、敵は何人いるかまだ分からない。

すでにこの場にはルリエはおらず、アイネを探して動き出してしまった可能性もある。

急ぎ、渡されていた連絡用の魔道具を使用した。

「ルリエ、聞こえる？　敵と遭遇して結界魔法に捕まってたけど、何とか抜け出せたわ」

『――なるほど、それで姿を消されたわけでしたか』

すぐに、ルリエから返事があった。

「合流するわ。まだ近くにいる？」

『いえ、ここからは一度、別行動としましょう』

「！　大丈夫なの？」

『連絡は取れますから。それに――わたくしの前にも一人、敵がいますので』

「……！」

すでに、ルリエも会敵していたのだ。

援軍を求めないのは、ここで合流するよりも散らばって探した方がいい、とルリエが判断したからだろう。

おそらく、ルリエの強さならばアイネの助けはいらないことも事実。むしろ、アイネが足手まといにならないようにしなければならない。

今、ここで会話を続けるのも、彼女の邪魔になりかねないのだ。

「……分かったわ。何かあれば連絡するから。気を付けて」

『はい、それでは』

ここからは一人――監獄内を進まなければならない。より一層、注意を払いながら、アイネは進み始めた。

＊＊＊

アイネとの連絡を終えた後、ルリエはすぐに目の前の敵に視線を送る。

比較的広く見える通路に、大柄な男が立っていた。

顔は薄汚れた布で覆われて、荒々しい呼吸音が聞こえてくる。

身体中傷だらけで、手に持った大斧は黒ずんでいる。

ここにいるということは、おそらく看守なのだろうが——

「看守というより、処刑人のようですね」

ルリエの言葉にも、大男は反応しない。

ただ、ぶつぶつと小さな言葉を繰り返している。

「金髪……女……お前、じゃない……」

（金髪？　アイネさんのことでしょうか？）

潜入はすでに気付かれている——その上、アイネが監獄にいることまで、分かっているようだった。

情報が漏れているわけではないのだろう。

仮に分かっているのであれば、戦力をもっと監獄内に集中させるに違いない。

だからこそ、何か見透かされているような気持ち悪い違和感を覚える。

「なら、お前は……殺すッ！」

「！」

大男が勢いよく突っ込んできて、ルリエは咄嗟《とっさ》に槍を構えた。

動きを一時的に制限することができる『怠惰の魔槍』だが、すでに動き出している相手の勢いまで殺すことはできない。

真っすぐタックルしてくるような形となり、ルリエは跳躍してそれを回避する。

飛び越えると同時に、背中に槍で一撃――床を滑るように大男は転んだ。だが、

「これは……」

大男の背中の傷はすぐに癒《い》え始め、ゆっくりと立ち上がる。

そして、振り返りざまに勢いよく走り出した。

「考えている暇はなさそうですね……！」

ルリエは再び槍先を向けるが、大男の勢いは止まらない。

だが、その勢いを利用して――大男の左目の辺りを槍で貫いた。

「ッ、ギッ」

さすがに顔への攻撃は痛みがあったのか、くぐもった声を漏らすが、勢いは止まっていない。

ルリエはすぐに槍を引き抜いて、後方へと下がる。

ボタボタと大男の顔から血が垂れるが――またしても間髪容《い》れずに動き出した。

「……これは相性がよくありませんね」

ルリエは敵の動きを封じることができる――だが、決して高い攻撃力を有しているわけではない。

一方で、大男の動きは鈍いが、手に持った斧による一撃は壁や床を軽々と粉砕するもので、当たれば間違いなくルリエにとって致命傷になる。

一撃で仕留めるのならば心臓だが、すでにかなり高い治癒力を持っていることを確認している。

本当に死ぬのか――失敗すれば、カウンターで一撃を食らうことは、想像に難くはない。

ルリエの判断は速く、大男と距離を取ることを選んだ。

これだけ暴れている者がいれば当然、中にいる看守達に気付かれる。

次々とやってくる看守達の動きを止めては一撃を加え、監獄の中を走るルリエだが、そんな者達を殺しながら進んでくるのが――大男だった。

もはや化け物。大男にとって看守は味方のはずだが、勢いは止まらない。

「仕方ありませんね――」

ルリエは動きを止め、大男と戦う決意をした。

このまま逃げることもできるが、これ以上暴れられてしまうと、どんどん敵を呼びかねない。

シンファを救出するためには、どのみち倒さねばならない相手だ。

だが、足を止めたルリエが見たのは、向かってくる大男ではなく――すぐ近くの牢獄に閉じ込められている、もう一人の大男であった。

「貴方《あなた》は……」

「ん？　その声はルリエか？　何やら騒がしいと思えば、ようやく助けが来たというわけだな！」

随分と嬉しそうな表情を見せる筋肉質の男――名前はグラーニ・ハンテン。

単独でオーヴェルを助け出そうとして返り討ちに遭い、敵に捕えられた男だ。

「そろそろ、ここにいるのも飽いていたところ――」

「グラーニ、話している暇はありません。そこから出たらすぐに戦ってください」

ルリエはそう言うと牢獄の檻を槍で切断する。

大男が迫ってくる中、グラーニの身体を厳重に縛り付ける鎖も切断する。

「俺の動きすら止める鎖を容易《たやす》く切断するとは、便利な槍だ」

「話している暇はないと言ったでしょう。今、向かってくる男を倒してください。わたくしでは相性が悪いのです」

「おう、そうだったな。待っていろ――」

「オオオオオオオオッ！」

斧を振り回しながら、真っすぐ向かってくる大男に対し、たった今自由になったばかりで、丸腰のグラーニ。

だが、彼には武器など必要ない。

「ふんっ！」

拳を握りしめ、勢いよく大男の顔を殴り抜けた。

ぐるんとあらぬ方向へと首が回り、手に持った斧もグラーニによって素手で砕かれる。

圧倒的な力――それが、この男の持つ能力と言っても過言ではない。

そのまま頭を掴《つか》むと、追い打ちのように床に強く叩きつけた。

さらに、思い切り拳で頭ごと床を貫くように一撃――高い治癒力がある、という情報を共有する前に、グラーニは敵の始末を終えたのだ。

「言われた通り始末したが、この男は何者だ？」

「おそらくは看守なのですが、意思疎通は不可能でした。それより、今からはわたくしの指示に従って行動を共にしてください。これからシンファさんを救出に向かいます。オーヴェルさんを自由にしなければならないので」

「！　おお、ならば急ごうではないか。俺など後回しにして、先にオーヴェルを優先すべきだろうに」

「……貴方はたまたま見つけただけですが」

嘆息しながら、ルリエは小さく呟くように言った。

＊＊＊

監獄の最上層に、コノミの姿はあった。

潜入してから一度も敵には見つかっておらず、隠密としての能力を遺憾なく発揮している。

だが、現状ではシンファの姿を見つけることはできず、残るは監獄長の部屋だけ。ここにシンファがいるとは考えづらいが——奥の方で二人ほど気配が感じられる。

念のため確認しようとコノミが扉に手をかけた瞬間、後ろへと素早く下がった。

「……何奴」

「ケヒヒ、こいつァ驚きだァ……オレに気付いてたのかい？」

スゥ、と何もないはずの場所から、全身に包帯を巻いた男が姿を現した。

目は大きく、長い舌が特徴的で、コノミはその姿を見て、

「何と面妖な格好を……」

「オメェに言われたかねェよ。乳くせェ小娘が肌を露出させて、こんなとこで何してんだ

い？　ま、聞かなくても分かるけどなァ」

長い舌を揺らしながら、男は先ほどコノミに向かって振った短剣をちらつかせる。

「見えてないはずのオレの初撃――よくかわしたなァ。当たると思ったぜェ」

「気配は殺しきれてないが故《ゆえ》に。こちらはあえて姿を見せて誘っただけのこと」

「ケヒ、気に入らねェなァ。それじゃあまるで――オレがオメェに釣られたって感じじゃねェか」

「そう言っているが」

コノミは隠密能力だけでなく、索敵能力に関しても一流だ――包帯の男は姿を消していたが、気配で丸分かりだった。それに、

「背後や床に色を合わせているだけ――同化といったところか。その程度で拙者に一撃を与えることは不可能」

包帯の男がしていたことは単純で、透明になるといった類ではない。

やろうと思えば、コノミにだってできる程度の魔法を組み合わせたものだ。

「……ケヒヒ、小娘がよォ。少しばかり遊んでやろうかと思ったが――やめた。テメェはすぐに殺してやるぜェ！」

包帯の男は言葉と共に駆け出すと、再び姿を消した。

「ケヒヒ！　ただ同化してるだけだと!?　どこから見てもオレは見えないようになってる

んだ！　このオレの動きについてこれ――ビャッ!?」

間の抜けた声と共に、何もない空間から出血――否、包帯の男の喉元を、コノミが短刀で引き裂いたのだ。

それはほんの一瞬の出来事で、もはや包帯の男には何が起こったのかも分からなかっただろう。

喉元を押さえながら、包帯の男がゆっくりと振り返ると、コノミは呆れたような表情を浮かべていた。

「姿が消せるのに、声を出しながら近づいてくるとは笑止。居場所を教えているようなもの――貴様はやはり、奇抜なだけの男にて」

「……ッ！」

反論しようにも、声が出ないのだろう。

今度は姿を消すことなく、怒りに任せて向かってくる――包帯の男の一撃を軽々と避けると、今度はしっかりと喉元に短刀を突き刺した。

びくりと大きく身体を震わせるが、すぐに動かなくなる。

コノミは短刀を引き抜くと、包帯の男の方を振り返ることなく、監獄長の部屋へと向かう。

もはや、敵とすら認識していない――隠密能力に長けているだけでなく、戦闘にも秀でているのだ。

「この奥か」

コノミは気配のある部屋の扉を開いた。

＊＊＊

――剣を極めし者、『剣聖』。僕はその男にあったこともなければ、称号自体に興味があったわけではない。

剣術に触れるようになったのはアイネがいたからであって、初めから剣を握るつもりもなければ、冒険者になることもなかったかもしれない。

彼女がいなければ、今の僕はいなかったと言ってもいいだろう。

なら、僕の力はアイネを救うために振るわなければならない――何のために強くなったのか、分からなくなるからだ。

「戦いの途中で考え事か？」

「っ！」

ギンッ、と金属のぶつかり合う音が耳に届き、僕の意識が現実に引き戻される。

今まで何をしていたのか、理解するのにそれほど時間はかからなかった。

僕の目の前に立つ男――オーヴェルこそ、本物の剣聖であり、おそらく最強と言える。

魔族の中でも別格とされる『傲慢』を打ち倒すために、レティが取り戻したい存在だ。

――何度目かの斬り合いを終え、先ほどまでの喧騒はどこへやら、静寂に包まれた監獄では、僕とオーヴェルが向き合っていた。

僕はすでに身体の数か所に傷を負い、あちこちから出血している。

戦いに支障の出るレベルの怪我《けが》ではないが、僕がオーヴェルに与えた傷は――ゼロだ。

「なるほど、二代目ねぇ……。確かに、そう言われるだけの腕前はある」

オーヴェルの呼吸は全く乱れておらず、余裕すら感じさせるほどだ。

一方、僕は息が少し上がり、集中力は乱れ始めている。

正真正銘の格上――一切の邪魔もなく、純粋な剣術の勝負において、彼は僕の一段……いや、二段は上をいっている。

わずかなミスでも命を落としかねない。

何故《なぜ》なら、オーヴェルは僕の命を狙っているからだ。

娘を人質に取られている状況で、本気で戦うことを強いられているのだろう。

わずかな時間で呼吸を整えようとするが、すぐにオーヴェルが距離を詰めてくる。

「剣術については、確かにいい腕だ。だが、天才というわけじゃないらしい」

続けざまに五連撃。さばきながら、僕は後方へと下がる。

反撃の余地はなく、ギリギリで防ぐだけだ。

一撃の重みも、剣を振るう速さも、オーヴェルの方が上なのだ。

「弛《たゆ》まぬ努力の末に得られた強さ——よく分かるぜ。俺は、お前みたいな奴は嫌いじゃあない」

再びオーヴェルが距離を詰めると、鍔迫《つばぜ》り合いになった瞬間——彼は、空いた手を僕の方にかざした。

「だが、こいつはどうかな？」

「——っ！」

瞬間、大きな爆発が起こる。

オーヴェルが使ったのは魔法であり、直撃する前にかろうじて距離を取ったが、火傷《やけど》を負わされた。

オーヴェルの手の煙が徐々に収束していく。

「お前、魔法はほとんど使えないだろう？」

「……確かに、得意じゃない」

「だろうなぁ。そもそも、魔力量が低いのがよく分かる。魔力量ってのはある程度までは鍛えれば伸ばせるが……限界っていうのは誰にでもあるもんだ。その点、あえて魔法を使う道を捨て、剣術一本に絞り、ここまでの技量を得たこと——はっきり言えば、尊敬に値することだ。だがな、それでもなお超えられない壁はある。俺は剣術でもお前の上をいき、その上で魔法も使えるんだ。さて、若いの……ここからどうする？」

まるで、僕を試すかのように、オーヴェルは問いかけた。

そういう意図があるとも思えない――互いに全力で戦わざるを得ない状況で、僕にできることは一つだ。

「大それたことを言うつもりはない。ここで、あなたを止める」

「……そうかい。それじゃあもう一つの質問だ――」

素早い動きで、オーヴェルは僕の間合いにまで入ってきた。僕は剣を振るって応戦するが、オーヴェルは軽々とそれをかわして、一閃。

「お前は、何のために剣を握っているんだい？」

「リュノアっ！」

ラルハが叫ぶ。一撃を受けたが、致命傷ではない。

だが、肩から腹部にかけての傷は、決して浅いものではなかった。

動き出そうとしたラルハに対し、手で合図を送る。

僕が倒された際に、動けるのは彼女だけだ。

最悪、僕をこの場で見捨ててでも――ラルハには、生き延びてもらう。

できる限りの時間稼ぎが目的なのだから、犠牲になるのは僕一人で構わない。

——そう考えた時に、僕は違和感を覚えた。

犠牲になるのは僕一人でいい、そんな考えで戦いに望んでいたのか、と。

「どうした、答える暇もないのかい？」

オーヴェルの剣が迫る。

反射的に防ぐが、やはり反撃には出られない。

剣術でも上。魔法でも上。あらゆる技術でオーヴェルが僕を上回っており、未だに活路は見出せない。

時間を稼いで、彼の娘が助け出されたことさえ確認できれば、この戦いは終わる。

そのためにここにいる——けれど、僕はすでに、オーヴェルに勝てないと心の中では諦め始めているのだ。

「はっ、はっ、は——」

呼吸が乱れていき、視界も定まらない。

集中力は完全に途切れ、圧倒的な強さの前に僕は追い詰められていく。

オーヴェルは何故、僕に問いかけているのか。——何のために剣を握っているのか。

そんなことを今、答える必要があるのか。僕が、ここにいる理由は……。

「——」

「おっと」

オーヴェルの剣撃をさばいて、僕は反撃を加えた。

わずかに彼の胸元が切れて、出血する。

本当に小さな、もはや怪我とも言えないような一撃だったが、追い詰められた僕の放った一撃を見て、オーヴェルは笑みを浮かべた。

「今までで、一番いい剣だった。さて、ここからが本番――そういうところかねぇ」

「……僕が剣を握る理由は、簡単だ」

意識ははっきりとしている。今までにない感覚だが、戸惑いはない。

オーヴェルの問いに、僕は答える。

「僕の大切な人を守るためだ。それ以外に、剣を握る理由はない」

同時に動き出して、再び剣が交わった。

＊＊＊

監獄の最奥。薄暗い地下の部屋に少女――シンファ・スヴィニアは囚われていた。

父と同じく褐色の肌に黒髪、そして赤い瞳と珍しい特徴を持つ彼女は、剣士としても優れている。

しかし、一切身動きの取れない状態にされてしまっては、なす術《すべ》がない。座らされてい

る椅子は金属製で、手首と足首を椅子に取り付けられた枷《かせ》によって拘束されていた。

さらには、肘や膝、太腿《ふともも》や二の腕といった部位まで、革製のベルトでしっかりと固定されており、口には開口具が取り付けられ、上手く喋れないようにされている。

周囲には、通常の監獄の部屋には置かれているはずもない――悍《おぞ》ましいというほかない器具が並んでいた。

まだ、シンファにそれらが使用されていないのは、オーヴェルが大人しく従っているからに過ぎない。

「……っ」

コツコツと、部屋へと近づいてくる足音が聞こえてきた。

この部屋に来るのは一人しかいない――シンファは身構えようとするが、動けない身体では無意味だ。

ギィ、と鉄製の重々しい扉が開くと、姿を現したのは現監獄長であるココルであった。

「元気にしてたぁ――って言っても、数時間ぶりかしらねぇ。どう、一切身動きできないっていうのも、なかなかいいものじゃない？」

「……んっ」

取り付けられた開口具のせいで、満足に答えることはできないが、彼女に何か聞かれたところで答えるつもりもない。

シンファにとって、ココルは明確な敵である。剣を握れさえすれば、あるいは――そう何度も考えたが、彼女はシンファに自由を与えることはなく、常に動きが制限された状況にあった。

ほんの先日のこと、どうにか抵抗を試みた結果が、今の不自由な状態である。

「大人しくしていれば、少しは自由もあったのに、残念ねぇ。それとも、今の方が好きだったりするのかしら？」

そんなはずはない――腕に力を込めるが、当たり前のように拘束具が外れることはなかった。

ココルがゆっくりとした動きでシンファに近づく。

「あらあら、こんなに汚しちゃってぇ……」

シンファの口から垂れた唾液が、身体を汚していた。開口具で閉じられない以上は、垂れ流しになるのは仕方ないことだ。

だが、見られることに対する羞恥心がなくなるわけではない。

剣聖と呼ばれる父を持った剣士ではあるが――シンファはまだ十代の少女なのだ。

それが分かった上で、ココルはわざとらしくシンファの身体に触れる。

唾液で湿ったところに指を這わせると、わずかにシンファの身体が震えた。

くすぐったいような、言葉にしがたい気持ちの悪い感触なのに、ぞくぞくと背中にまで届くような感覚。決して気持ちいいというわけではない。

定期的に水分は補給される状態にあるために、身体を濡らす唾液はある程度は供給される状況にある。

ココルはシンファの唾液で濡れた指で胸の辺りを撫で始めた。

「……っ、ふっ」

わずかに息を吐き出して、送られてくる感覚から逃げようとする。

腰の辺りもベルトで固定されていて、浮かすことすらできない身体は、ココルの責めから逃げ出すのも容易ではない。

少し反応を見せただけで、ココルは嬉しそうな笑みを浮かべて、

「あらぁ、やっぱりここが気持ちいいのかしらぁ」

ねっとりと、煽《あお》るような口調で言い放つ。

歯を食いしばって耐えることができればいいのだが、それすら封じられている。

——シンファを傷つけないように命令されているらしく、痛みなどの苦痛を与えられることはなかった。

その代わりと言わんばかりにココルが行うのは、こうした傷の残らない陰湿な責めだ。

無理やりイカせるということはなく、彼女はシンファの身体をただ触って弄《もてあそ》び、焦《じ》らすだけ。そのレベルであれば許されているようだが、これが毎日続けば立派な拷問だ。

シンファは何とか耐えてはいるが、ここまで動きを封じられた状態でねちっこく責められるのは初めてで、堪《たま》らず声を漏らしてしまう。

「ふっ、んぅ、く……っ」

我慢はしているつもりでも、ぬるぬるとした指で乳首に触れ、それを続けられる羞恥は耐え難い。

そんな姿を見せればココルは喜ぶだけ——分かっていても、どうしようもないのだ。

「うふふっ、可愛いわねぇ、あなたは……。ねえ、今この監獄がどういう状況にあるか知っている?」

「……?」

「あなたの父親——オーヴェルが戦っているのよ、あなたを助けようとしている人達と、ね」

「! ぐっ、ぅ」

驚きの声を上げようとしたところで、ココルがシンファの乳首をつね上げ、突然の感覚に呻《うめ》き声を漏らした。撫でられて敏感になっているのか、痛みよりも快楽が勝っている。

流れ出してしまう唾液は潤滑油のようになり、ココルの責めをより加速させた。

この繰り返しがずっと行われているのだが、父であるオーヴェルが戦っている——これは、今までにない出来事だった。

（……助けが、来ているってこと……？）

シンファの頭を過ぎっているのは、オーヴェルと共に協力していた者達――レティヤルリエの存在だ。

彼女達がシンファ達を見捨てていなかったことには安堵する。

この監獄に囚われて、オーヴェルの協力も得られない状況では、ここまでやってくるのは難しいと考えていたからだ。

「もしかしたら、助かるかも――そんな希望を持っているのねぇ？　でも、私はあえてここで待っているのよぉ。あなたは助からない、服従する以外に道はない……それを、分からせるために、ねぇ？」

ココルの性格がとんでもなく悪いことは分かっている。助けに来た者を叩き潰して、シンファの心を折ろうとしているのだと分かった。

どんな状況になろうと、シンファはただ待つことと、耐えることしかできないのだ。

「だから、今はあなたで暇を潰そうと思っているのよぉ。ここに、私が以前に相手をしてあげていた子が来る予定なの……ふふふっ、楽しみよねぇ」

妖艶な笑みを浮かべて、ココルは言い放った。

シンファはそんな彼女を睨むが、それも喜ばせるだけ。

どうにか、助けに来てくれる人を信じるしかなかった。

第五章

アイネは一人、監獄の最下層へと辿《たど》り着いた。

状況は刻一刻と変化しており、現状――シンファに最も近いと思われるのがアイネだ。

先ほど、コノミとルリエから別々に連絡があった。

コノミは最上層まで辿り着き、シンファの姿が確認できなかったことと、シンファ以外に保護すべき対象を見つけたとして、そこから脱出するという話だった。

元々、彼女はいないはずだった戦力であるが、攪乱《かくらん》のために上でもう一暴れしてくれるそうで、かなり役立ってくれていると言える。

さらに、看守長の一人も彼女は倒してくれたようだ。

ルリエの方も、監獄に囚われていた仲間の一人と合流して、看守長の一人を倒したとのことだ。

単独でオーヴェル達を助けに行った者がいるという話は、以前にレティ達から聞いている。

コノミは保護対象と共に脱出するが、代わりにルリエが新しい戦力を加えて、こちらに向かっているという状況だ。

──ルリエから得られた情報によると、看守長は現状では四人いるらしい。

アイネが一人、コノミが一人、ルリエ側で一人を倒したというのなら、残りは一人のはず。さらに監獄長も含めると、敵戦力として警戒すべき相手は、あと二人というところか。

リュノアの方にどちらかが向かっている可能性もあるが、すでにこちらの動向も把握されているようだ。

シンファの近くに、二人とも待ち構えているかもしれない。

「……」

息を潜《ひそ》めるようにして確認するが、最下層になると逆に静かであった。

普段から見回っている者がいないのか、あるいは基本的に利用されていないのか。

牢獄の中に閉じ込められている者もあまりいないようで、ここは特殊な階層であることが分かる。

帝国内でも特に重罪人を閉じ込めておく場所だという話だ。

アイネですら、最下層に入れられていたわけではない。

長く、重苦しい雰囲気の廊下を進まなければ、奥へと辿り着くことはできない。

姿を隠せる場所もないが、見回っている看守がいるわけでもない。

アイネは警戒しながら、ゆっくりと足を進める。

足音を立てないように慎重に――そこで、何やら呻《うめ》くような声が耳に届いた。

（！　女の子の声……？）

静かだからこそ、声がよく届く。

薄暗い廊下の奥底から聞こえてきている――アイネはより一層、慎重に進んでいく。

辿り着いたのは、最下層の一番端の部屋。厳重すぎるほどに閉ざされた扉があり、隙間から声が漏れていた。

おそらく、中にいるのがシンファだと思われる。中の気配を探る限り、他にもう一人いるようだ。

一気に攻め込んで制圧するか――そもそも、この扉をアイネの力で思い切り開けられるかどうか。考えていると、

「開いているわよぉ、入ってらっしゃいな」

「！」

（この声は……）

扉の向こうから聞こえてきた声は、アイネもよく知ったものであった。

意を決し扉を開くと、そこには厳重な拘束を受けた少女と――アイネを待ち構えていた女性が一人。

その人物を見て、アイネは顔をしかめる。

「ココル・ゴルゴンタ……あんたがここにいるなんてね」

「別に不思議なことはないでしょう？　あなたがここに収監された後、担当したのは私だったんだから」

アイネが収監されて、性属の首輪をつけられた後のことだ。

毎日発情することになるアイネの相手を誰がしていたのか——その答えは、目の前にいるココルだ。

毎日、と言っても彼女はアイネの前に姿を現さないことはざらであり、つらい状況のままに放置されたこともある。

アイネにとっては、因縁のある相手だと言えた。

拘束された少女に対しても、何かしていたことは明白であり、明らかにつらそうな表情を浮かべている。

「……相変わらず悪趣味ね」

「あら、私はするべきことをしているだけよぉ？　今も監獄長として、ねぇ」

「！　監獄長……？　あんたは看守長だったはずでしょ」

「うふふっ、あなたのおかげで出世したのよぉ。今からあなたを捕まえれば……さらに偉くなれるかもねぇ……？」

妖艶な笑みを浮かべて、ココルが手に持ったのは一本の剣。アイネもまた、腰に下げた剣を抜き放つ。

「この子にはあんまり激しいことはできないのよぉ。だから、あなたはちょうどいいタイミングで来てくれたわぁ。また、いっぱいいじめてあげる」

「ふざけたこと言わないで。あんたは——ここで斬り捨てていくわよっ」

言葉と共に、アイネは動き出す。牢獄の広さはそれなりにあるが、自由に動き回れるほどではない。

アイネは距離を見計らいながら、視線を拘束されている少女へと向けた。

開口具をつけられているために話すことはできなそうだが、ココルの態度を見る限り、やはり彼女がシンファであることは間違いなさそうだ。

ココルが監獄長になったことも驚きだが、それ以上にシンファに関わりがあり、アイネが来ることも知っていたようだった。

敵側にこちらの動きが予測されている——あるいは、把握されているといったところか。

(どうあれ、こっちも急いでるし……ねっ！)

先に動き出したのはアイネだ。

できる限り早くシンファを救出し、監獄から逃げ出すことが重要なのだ。

ココルから情報を得ることが目的ではなく、彼女をいかに早く倒すかが重要になる。

ココルの実力は未知数だ——余裕の態度を見せているうちがチャンスだろう。

距離を詰めると共に剣を振るうが、ココルは剣で防ぐ。

すぐに剣を弾《はじ》くために力を入れるが、拮抗した。鍔迫《つばぜ》り合いになると、ココルは妖艶な笑みを浮かべてアイネを見据える。

「うふふっ、こうして剣を交えるのは初めてねぇ。知っているわよぉ、騎士としてとーっても優秀だったアイネちゃん……そんなあなたが牢獄に囚《とら》われている姿は魅力的だったわよぉ。また戻ってきてくれて、嬉しいわぁ」

「私が何のためにここに来たのか、分かってるでしょ？　そこにいる子が、シンファ・スヴィニアね？」

「ええ、そうよぉ。なかなか肝の据わった子で、この状況でも怯える様子を見せないのねぇ。だから――絶望を与えてみたいと思って」

「……絶望？」

「助けに来てくれた人が、目の前で倒されたら、誰でも絶望すると思わない？」

「……そうね。私が、あんたに倒されることが前提だけどね！」

ココルの剣を弾き、わずかに距離を取る。

バランスを崩したココルに対して、アイネは再び斬りかかる――瞬間、にやりと笑みを浮かべたココルを見て、咄嗟《とっさ》にアイネは後方へと跳んだ。

床や壁を斬り刻むように、ココルの持っていた剣が伸縮して生物のように動き始める。

いくつもの連なった刃はやがて元の剣の形へと戻っていった。

「鞭剣《むちけん》――これが私の得物よぉ」

「っ」

アイネは思わず、顔をしかめた。

名前の通りに、鞭のようにしなるワイヤーを通し、刃をいくつも重ねた剣だ。

扱うこと自体が非常に難しいために、使い手はほとんど見たことがない。

おそらく今の射程を見る限りでも、この部屋のどこにでも届くようになっているのだろう。

軽く振った際にシンファの眼前を通り、彼女の表情は少し青ざめたものになっている。

少なくともシンファを傷つける意図はないだろうが、アイネにとってはこの部屋のどこにも逃げ場はないことになる。

「ほぅら、いくわよぉ！」

距離があっても、ココルには関係がない。

刃は鞭のようにしなって、そのままアイネに向かって襲い掛かってくる。

剣でそれを防ぐが、ワイヤーの部分が剣に触れると、そのままぐにゃりと曲がってアイネに刃が勢いのままに向かってきた。

身体を動かして回避しながら、剣を滑らせてココルに近づく。

ワイヤーの部分も刃が通らず、下手に距離を取れば今のようにジリ貧になるだけだ。

ならば、アイネにできるのはとにかく速攻。どちらかと言えば中距離に特化した武器であるために、近距離ならばアイネの方が有利のはず。

（近づきさえすれば……！）

「――なんて、思っているんでしょう？」

感じたのは殺気だ。見れば、刀身は伸びきったまま戻っていない。

アイネは咄嗟に背後に向かって剣を振るう。

ギンッ、と金属音が鳴り響き、ギリギリのところでココルの鞭剣の攻撃を防いだ。

「うふふっ、私の剣は自由自在――最初に近づけたのは、私が許してあげたからに決まっているでしょう？」

「……ちっ」

わざと近づくように誘導されていた。

背後からの攻撃に気付けなければ、危なかったかもしれない。

（……落ち着かないと。決して勝てない相手じゃないんだから）

アイネの読みは、概ね正しい。

ココルの武器は射程こそあるが、どちらかと言えばもっと広い場所で使うタイプの武器だ。

剣聖を味方にするための存在であるシンファに傷をつけるわけにはいかない――故《ゆえ》に、状況として不利なのは、むしろココルの方だ。

「その表情……勝てると思っているのねぇ。私、女の子のそういう表情が好きなのよねぇ。勝気な女の子が、絶望に染まるのはもっと好きなのだけれどぉ」

そう言って、ココルは懐から一本の瓶を取り出し、中に入った液体を一気に飲み干した。

――今の薬には見覚えがある。広場で騎士達が飲んでいたものだ。

すぐに、ココルに変化が起きた。

皮膚は赤色に染まっていき、目の色は黒く染まっていく。ドス黒い魔力を帯びて、もはや人というよりは悪魔とも呼べる姿へと変貌していった。

「これがぁ……私の本当の力なの」

瞬間、牢獄を縦に割るほどの威力の鞭剣がアイネを襲った。

――先ほどまでのココルとは姿形だけでなく、纏《まと》っている魔力の質まで完全に変わっていた。

刀身にまで流れる魔力は異様であり、傷つける程度の威力だったはずが、牢獄の頑強な壁や床を抉《えぐ》るほどになっている。

剣撃を受け流したつもりだったが、刃先がへし折れられてしまった。

アイネは咄嗟に距離を取るように下がらざるを得なかったが――それはむしろ、ココルの得意とするレンジだ。

「いいのかしらぁ、距離なんて取って」

軽く振るったように見えるが、バチンッと何かが爆発するような音が響き渡る。ギリギリのところでかわすが、わずかに掠ったのか――腕の辺りから出血していた。

「……っ」

「うふふ、あなたのことは、殺さなければ適当に痛めつけてもいいと言われているわぁ。でも、少し間違えると、殺しちゃいそうねぇ？」

心底、楽しそうな笑みを浮かべてココルが言い放つ。――すでに勝ったつもりなのだろう。

アイネの剣は先の方とはいえ、簡単に折られてしまった。

ココルの剣撃に反応するのは難しく、今のアイネではおそらく追い詰められていくことになる。

英雄薬――話には聞いているが、ココルの強さもまた、英雄騎士に匹敵するものに引き上げられているのだろう。

あるいは、それを上回る力さえも得ている可能性がある。

（薬になんか頼って――なんて、言える立場でもないわよね）

アイネの脳裏を過《よ》ぎるのは、『色欲の魔剣』だ。

対応できないほどの速さでも、あれを使えばおそらくは反撃が可能となる。

今のままでは勝てないことは、アイネだってよく理解している。

ルリエの増援を期待したいが、待っている間にアイネが負ける可能性は十分にあった。

「……」

「あらぁ、覚悟は決まったのかしら？」

「ええ、そうね」

「うふふ、意外に素直じゃない。そういうのも、嫌いじゃないわよぉ」

ココルの言う覚悟とは、すなわち『降伏』を意味しているのだろう。

だが、アイネの考えは違う――極力、使うなと言われていても、ここで負けてしまってはどうしようもないのだ。

（時間をかけずに、すぐに決める……！）

アイネは決意に満ちた表情で、自らの胸元に手を当てる。ずるりと抜き放ったのは、色欲の魔剣だ。

すぐに、アイネの身体に変化が起きる。髪の色が変わっていき、目は赤くなっていった。

「それが魔剣の力ってわけねぇ」

ココルもどうやら、魔剣については知っているようだった。

この監獄でアイネのことを任されていたくらいだし、ある程度のことは把握しているのかもしれない。

けれど、ココルから何か聞き出すことが目的ではなく、いかに彼女を早く制圧し——抜け出すかが重要なのだ。

常人ならば過剰とも言えるほどの超感覚を得ても、アイネに一切の違和感はない。そして、

（……あれ、私、だよね……？）

前回使った時は、人格が乗っ取られるように口調や性格が変わったはずだったが、今はアイネのままだ。

見た目に同じような変化が訪れ、同じ能力も扱える状態にあるというのに、まるで元々アイネの力であったかのように使える。

「早速、あなたの力——見せてもらおうかしらねぇ」

ブンッ、とココルが鞭剣を振るうが、どこを狙っているかアイネには丸分かりだ。

その場から一歩横に動くと、アイネの真横の床を叩くような一撃。

「！　へえ……」

「やっぱり、便利な剣ね。どこに攻撃が来るか、簡単に分かるんだもの」

過剰な感覚は、未来予知に近い能力があり、避《よ》けることも難しかったココルの攻撃も、アイネにはもう当たらない。

そして、アイネにはもう一つの武器がある。

ココルの攻撃をかわしながら、アイネは距離を詰めた。

ココルも英雄薬の影響か、素早い反応を見せるが、ギリギリを掠めるだけでもアイネは『痛覚』を増幅させる。

わずかにココルの脇腹辺りを剣が掠め、魔剣の効果によって聞こえてくるのは耐え難《がた》い苦痛による絶叫――のはずだった。

「うふふっ、なかなか速いじゃない」

「！」

だが、彼女が浮かべていたのは笑みだった。

アイネを襲う鞭剣は一層、激しさを増して牢獄を斬り刻んでいく。

アイネだけを狙い、シンファに当てない技術は見事なものだが、感心している場合ではない。

(効いてない……!?　まさか)

「あんた、痛覚を……！」

「あらぁ、もう気付いたのねぇ。そうよぉ、私は痛覚を麻痺させているのよぉ。痛みなんてものは一切感じない――この程度の傷なんて、薬の力で簡単に治るわよ」

見れば、ココルの言う通り、脇腹の傷からの出血はすでに止まっている。

痛覚を麻痺させている――痛みを増幅させる能力を持つアイネとは、致命的に相性が悪いのだ。

「さあ、次はどんな手を見せてくれるのかしらぁ？」

アイネは思わず、険しい表情を浮かべる。

自他問わずに感覚操作――アイネは、特に触覚に関わる部分を得意としている。

これは、色欲の魔剣を扱うようになって得られた能力だ。

（意識ははっきりとしてる……魔剣を使う分には問題ない、けど）

アイネの力は、小さな怪我《けが》でも精神面で大きな負担を強いることができるというもの。

だが、あくまでそれは知覚していることが前提であり、ココルはどうやら痛覚を麻痺させている――しかも、鈍らせるというレベルではなく、感じていないような仕草だ。

さらに、英雄薬の効果なのか、ココルの傷の治りは異様なまでに速い。

アイネの能力は決して、火力を高めるものではなく、どちらかと言えば剣術に頼った近接戦闘を得意とするものだ。

「そらそらそらぁ！　もう打つ手はないのかしらぁ!?」

ココルは楽しそうに笑いながら、鞭剣を勢いよく振り回した。

シンファに当たるギリギリのところで弾《はじ》けると、彼女はビクリと身体を震わせる。

これ以上は、シンファに対しても大きな負担を強いることになる。

だが、ココルに近づいて一撃を与えても、致命傷となる攻撃は全て防がれてしまう。

小さな傷はすぐに回復し、痛覚に頼った攻撃はできない――せっかく覚悟を決めて繰り出した色欲の魔剣も、ココルに対しては無意味なのだ。

(ここで焦れば、負ける……！　どうする、ルリエが来るのを待つ……!?　彼女の力があれば、致命傷を与えることは十分に可能だけれど、ここに来るまでどれだけかかるか……できる限り、早く倒さないといけないのに)

それに、他にも敵が潜んでいないとは限らない。

ルリエが辿り着く保証など、どこにも存在しないのだ。

アイネも色欲の魔剣を使っている以上、ココルからの攻撃を受けることはなく、回避と防御はできている。

だが、元より長く使うつもりのないものを――これ以上、使っていていいものなのか。

(このままじゃ、ジリ貧ね……。一か八か、相打ち覚悟で……！)

『――なんて、私も危ない橋を渡るわけにはいかないのよね』

「!?」

何か、頭の中に声が聞こえた気がして、アイネはピタリと動きを止める。

当然、それを見逃すココルではない――鞭剣はアイネの足を狙うように勢いを増して向かってきた。

殺すつもりはないだろうが、切断する程度の威力はある。

アイネの動きを制限するために狙ったのだろうが、その一撃がアイネに届くことはなかった。

「……は？」

驚きの声を上げたのは、ココルだ。

ギンッ、と金属を弾くような音が聞こえ、アイネの視界に映ったのは、禍々《まがまが》しい黒い触手だ。

触手といっても、生物的なものではなく――どちらかと言えば、鉱石のようで、それでいて動きは実に繊細で柔らかなもの。

それが、自身の背後から生えてきているなど、アイネは想像もしていなかった。

「なんなの、これ……？」

「あなたも分かってないなんてねぇ……。随分と、気色悪いものを」

使い手であるはずのアイネが、ココル以上に困惑する。

今の攻撃を防いだのは、もはやアイネの意思とは言い難く、気付けばココルの鞭剣を弾いていたのだ。

だが、アイネの思考はすぐに切り替わった。

自身に起こった変化よりも、この変化を利用して勝つ方が重要なのだ、と。

黒い触手はアイネの意思にかかわらず、ココルの鞭剣を防いでくれた。

それなりに硬度を持ち、かつ自動防御を可能としてくれるものなら、今のココルに対しても十分に致命傷を与えることができる。

（よし、これなら——）

いける。

アイネは確信して、一歩を踏み出した。

次に見た光景は、容赦なく斬り刻まれて恐怖に顔を歪めたまま——絶命したココルの姿であった。

「……え？」

何が起こったのか、アイネには分からない。

しかし、拘束されたままのシンファは怯えた様子でアイネを見つめている。

ゆっくりと、自身の握った色欲の魔剣を確認すると、ココルの血で染まっていて——アイネの身体も返り血で真っ赤になっていた。

「ひ……っ」

思わず手放すと、魔剣は静かに霧散していく。

確かに早く終わらせるつもりだった。勝つつもりだった。ココルを——斬るつもりだった。

けれど、ここまで無残な姿を晒したココルを目にすることになるとは思わなかったし、
それを、アイネが無意識のうちにやったという事実が、何より恐ろしかったのだ。

＊＊＊

ルリエが牢獄に辿り着いたのは、アイネが敵を倒してからまだそれほど時間が経っていない頃であった。

部屋に入ると同時に見えたのは、斬殺された敵と思《おぼ》しき女性と、返り血を浴びたアイネ。

椅子に拘束されたまま、怯えた様子でルリエを見るシンファだ。

「アイネさん」

「！　ルリエ……？」

声を掛けるとすぐに、アイネは首を小さく横に振る。

「待って、違う。私じゃ――」

アイネが冷静さを失っているのはすぐに分かった。

咄嗟に、ルリエは『怠惰《たいだ》の魔槍《まそう》』の刃を向けることで、アイネの動きを制限する。

すぐに脱力して動けなくなったアイネに近づき、ルリエは優しく抱きしめた。

「落ち着いてください、大丈夫です。アイネさん、貴女《あなた》はやるべきことをしただけ――何

も、怯える必要などありません」

「あ……」

耳元で囁《ささや》いた言葉が届いたのか、アイネはただ小さな声を漏らした。

ちらりと、倒れ伏した死体に目をやる。

おおよそ、アイネがやったとは思えないほどに惨《むご》たらしく刻まれた死体は——状況から見るに、彼女がやったことには間違いないのだろう。

だが、アイネの様子を見れば、彼女の意思に反しているのは明白だ。

すなわち——無意識の間に起こった出来事。ルリエがアイネの動きを封じたのは、念のためだ。

もし、すでにアイネが『アイネではない何か』へと成り果てているのだとしたら、ルリエにはそれを止める義務がある。

今のアイネならば心配はなさそうだが、色欲の魔剣を使った結果なのだろう。

牢獄の状況を見るに、使わざるを得ない相手だったのだ。

(わたくしが、もう少し早く辿り着いていれば……)

後悔するが、すぐに思考を切り替える。目的は達したのだ——あとは、シンファを連れてここを脱出するのがルリエの役割だ。

「グラーニ、シンファさんの拘束をすぐに解いてあげてください」

「おう、任せておけ！」

快活な声で返答をしたのは、ルリエの後から入ってきた大男だった。見るからに筋肉質であり、上半身に何も着ていない状態だからこそ、それが顕著に分かる。

アイネが一瞬、グラーニを見て困惑した様子を見せたために、すぐにルリエは彼のことを伝える。

「グラーニ・ハンテン──帝国に囚《とら》われていた、わたくしの仲間です。カーファ教会所属の戦闘教徒ですよ」

「せ、戦闘教徒って……ルリエ、あんたもそうなんだったっけ？」

「その通り、文字通り、戦闘面で特化した者を集めております。アイネさん、落ち着いてきたみたいですね」

きちんと会話ができているようで、ルリエは一先《ひとま》ず安心する。

ここでアイネに何かあれば、脱出の妨げになる可能性があったからだ。

「え、ええ……何とか、まだ色々、混乱はしてるけど」

「今は、ここを抜け出すことだけ考えましょう」

見れば、グラーニは次々と指の力でシンファの拘束を破壊していく。圧倒的な力を持つグラーニは、単純な戦闘能力だけで言えばルリエの数倍は上だ。

そんな彼が敗北して囚われるなど、尋常ではない──そう思っていたが、戦って負けた相手についてはすでに聞いている。

「アイネさんは少し、休んでいてください。わたくしはレティに連絡を取ります。もしも、ここにオーヴェルさんがいれば……すぐにでもシンファさんの無事も知らせてやらなければなりません」

「オーヴェルって、剣聖よね？　ここにいるの？」

「……可能性の話ですが、グラーニが戦って敗れた相手が、まさにオーヴェルさんだったそうです。シンファさんを人質に取られている以上、逆らえなかったはずですが——彼がここにいるとすれば、リュノアさんの身が危険です」

「……！」

リュノアの強さは、ルリエだって分かっているつもりだ。

だが、やはりオーヴェルは別格——レティが唯一、その強さを本当の意味で頼りにしている存在なのだ。

逆に言えば、シンファを取り戻したこの時点で、オーヴェルを味方側につけることができる。

それだけで、形勢は一気に傾くのだ。

ルリエは懐から魔道具を取り出すと、魔力を込め始める。

「レティ、聞こえますか？」

『ああ、聞こえているよ。このタイミングでの連絡ということは――』

「ええ、シンファさんの奪還作戦は成功です。リュノアさん達にも合図を」

――後は、ここから抜け出すだけだ。

＊＊＊

幾度となく剣を交え――僕が与えた傷は数える程度で、オーヴェルから受けた傷は致命傷とは言わないまでも、動きを鈍くするには十分なものだった。

けれど、決して動きを止めることはない。

互いに一歩も譲らずに、剣をぶつけ合う。

オーヴェルを斬るつもりでなければ、勝つことはできない――そう考えていたが、甘かった。

そもそも、僕では彼に勝つことはできないのだ。

同じ剣士であるからこそ、立っているステージが違うことがよく分かる。

認めざるを得ない、オーヴェルの方が僕よりも強いのだ。

分かった上で、僕は彼に勝たなければならないのだ。何の迷いもない、研ぎ澄まされた感覚の中、ひたすらに彼に届く一撃を出そうとする。

オーヴェルは、もう魔法を使ってくることはなかった。

彼は剣聖――僕のように、ただ周囲から噂される程度のものではなく、正真正銘の、誰もが認める剣士の頂点だ。

元より魔法に頼った戦術は取っていないのだろう。

「どうした、動きが遅いぜ」

互いの剣が拮抗し、鍔迫り合いになると、不意にオーヴェルが口を開いた。

「あなたこそ、魔法はもう使わないのか？」

「俺は気取った言い方は嫌いだから、正直に言うぜ。魔法を使うほどの余裕はないんだよねぇ。少なくとも、お前は俺の戦ってきた奴《やつ》の中では――間違いなく上位の存在だ。油断すりゃ、斬られかねないほどにな」

だが、現実は違う。

このまま続ければ、オーヴェルが勝つことは目に見えているのだ。

戦いを見届けると言っていたラルハですら、その表情は険しい。格好をつけておきながら、随分と情けないところを見せてしまっている。

「分かってるだろ。今のお前じゃ、俺には勝てねえ」

「……」

「だが、俺は負ける気はない。悪いが、そろそろお前を斬るぜ――ここまで持ったのは、賞賛に値するけどなぁ」

目の前に立つオーヴェルから感じられるのは、殺気だ。

彼は本気で僕を斬るつもりでいる――当然だ、加減して時間を稼いでいるということが分かれば、娘の命が危ないのだから。

よく、ここまで持った方だろう。

負ける気はなくても、現実は違う。僕ではオーヴェルには勝てないのだ。

アイネは無事に、シンファのところまで辿り着けただろうか。

彼女さえ無事なら、それでいい――僕は戦いの中で、アイネのことばかり考えていた。

剣を握る理由を聞かれた時、アイネを守るためだとはっきり認識した。

確かに迷いはなくなったが、命を捨てる覚悟で挑んでも勝てない存在がいる。

剣聖――紛れもなく、彼が最強だ。

レティがどこまでもオーヴェルに頼る理由がよく分かる。

「……お前、大切な人を守るために剣を握ると言ったな」

「……それが、どうした？」

「俺も同じだよ。今は娘を守るために、全力で剣を振るっている。お前らが助けに来てくれているのは分かっているのに、阻止する側に回らないといけないのは、娘の命を守るためだ。だが、俺とお前で明確に違うところが何だか、分かるか？」

「……？」

「俺は、娘のためなら、たとえ助けに来てくれた人間でも、殺す覚悟があるんだよ。だが、お前はどうだ？　俺を斬る気概はあるだろうが、殺すつもりはないいんだ。ここにあるのは覚悟の差だぜ」

オーヴェルが何を言いたいのか、僕にはよく理解できなかった。

もう、理解できるほどに頭に血が回っていないのかもしれない。

だんだんと、身体の痛みも強くなってきた気がする。

呼吸も荒く、すでに限界を迎えていた身体が——徐々に終わりへと向かっていくのが分かった。

「若いの、よく聞けよ。お前を斬ったら、俺はアイネ・クロシンテのところに行くぜ。娘を監禁されてはいるが、俺は奴らからも勧誘されているんだ。協力すれば、悪いようにはしない、とな。娘のためなら——俺は鬼にでも何にでもなるぜ。もしもアイネを殺せと言われれば、喜んで殺す」

「——」

オーヴェルの言葉を、きちんと聞ける状況にはなかった。

けれど、最後の言葉だけは、どうしても受け入れるわけにはいかないのだ。

アイネを殺す——そんなこと、絶対にさせるわけにはいかない。

瞬間、『答え』に辿り着いた。

僕に足りないものは、覚悟だ。

アイネを守るためなら何でもする、そう口にはしながら、オーヴェルに負けてもアイネが無事なら、それでいいと思っていた。

けれど、ここで僕が負けたら、アイネが無事でいられる保証など、どこにもないのだ。

僕は生きていなければならない、戦って必ず生き延びて——僕は、

「はああああああああっ！」

アイネを守り抜くんだ。

覚悟を決め、オーヴェルの剣を弾く。

力を込めても、やはりオーヴェルはバランスすら崩すことはない。

何度も斬り合って分かった——オーヴェルに対して、隙を突いて攻撃をしようなどという甘い考えは通じないのだ。

僕は今から、オーヴェルを殺す。

目的とは反しているかもしれないが、ここで必要なのはその覚悟。オーヴェル自ら、僕に伝えてきたのだ。

「斬るつもりじゃない、僕はあなたを——殺す」

「それでいい、若いの——いや、リュノア・ステイラー。お前の剣を、俺に見せてみろ」

動き出したのは同時だった。剣は交わらず、互いに振り切って——交差する。

ほとんど同時に動きを止めたが、身体に痛みを感じて膝を突いたのは、僕の方だ。

「……！　リュノア！」

ラルハが僕の下へと駆け寄ってくるのが見えた。

——斬られたのだろう、痛みは激しく、もはやオーヴェルの方を見る余裕すらない。

だが、それでも倒れない。

剣を杖代わりにして、オーヴェルの方に視線を送った。

「いい一振りだった。今の一瞬、お前は俺を超えていたぜ」

——言葉と共に、オーヴェルも身体から激しく出血する。

僕の与えた一撃が、彼にも大きな傷を与えたのだ。

その時、遠くの上空に、まだ明るい時間だというのに——大きな音と共に花火が爆発した。

何の連絡か、僕とラルハにはすぐに分かる。

「オーヴェル、あなたの娘は……たった今、監獄から救い出された。今のはその合図だ」

互いに大きな傷を受けたが、目的は達せられたのだ。

にやりとオーヴェルは笑みを浮かべると、

「分かっているぜ——ったく、もう少し早けりゃ、こんな大怪我せずに済んだのによぉ。

やれやれ、悪役のフリするのも向いてねえしなぁ」

　確実に重傷だというのに、リュノアと違ってまだ動く余裕があるのは、さすがと言うべきか。

　すでにラルハに身体を支えてもらわなければ満足に動けない状況であるリュノアの下へ、オーヴェルが向かってくる。

「さてと……今から俺はお前らの味方だ。本来なら、娘の無事を確認するまでは裏切るわけにはいかねえ――と言いたいところだが、あの合図はレティのもんだろ？　あいつは、そういう嘘は吐《つ》かないタイプだからな」

　オーヴェルは元々、レティと知り合いなのだ。

　僕はほとんど彼のことを知らないが、お互いに本気で剣を交えた間柄。そこに多くの言葉は不要で、確かに僕達はこの瞬間、仲間になった。

　騎士達はオーヴェルの行動に動揺している。

　深手を負っているとはいえ、こちらにはまだラルハもいる。そのために、彼女には待機してもらっていたのだ。撤退も、十分に可能だろう。

「――やれやれ、残念なことですネ。せっかく、信じ合える仲間を手に入れたと思ったのに、こうも簡単に裏切られようとは……ワタシは悲しいですヨ、オーヴェルさん」

「！」

耳に届いたのは、男の声だった。

ふわりと戦場に降り立ったのは、白衣を身に纏ってフードを被り、マスクによって顔の下半分を隠している男だ。マスクもまた何やらチューブのようなものが生えており、独特の形状をしている。

身長も高く、身体の大きいオーヴェルよりもさらに上だろう。

「随分と馴《な》れ馴《な》れしいじゃないの。お前、看守長の一人だろう。ココルに命じられて、中にいたんじゃないのか？」

オーヴェルは知っているようだったが、問いかけられたマスクの男はくつくつと笑い、

「エエ、その通り。看守長の一人として、ここにいますヨ。ですが、監獄は破られ、あなたの娘もどうやら救い出されてしまったようです。ワタシの仕事は、あなたの監視でしたが……こうなってしまっては、致し方ありませんネ？　我が王のために、あなた方は全員、ワタシ――リスカラ・ターレットの手で、始末させていただきますヨ」

言葉と共に男――リスカラは腰に下げた剣を抜き放つ。

いわゆるショーテルと言われる武器だが、腰に下げた本数はなんと六本。そのうち二本を両手で持つと、さらに後ろから伸びてきた二本の手が、ショーテルを抜き放った。

――合わせて四刀。魔道具の類か、人工的に作られた腕は生きているように動いている。

対峙するように向き合ったのはオーヴェルだ。

僕はラルハに支えられたまま、何とか立ち上がる。

「お前……ただの看守長じゃないってわけか。俺の監視ってことは――つまり、あいつの部下か」

「部下ではなく、同志ですヨ。利害が一致しているからこそ、手を組んでいるのです。最も、形式上は我らが王、と呼ばせていただいてますがネ。あなたは王のお気に入り。その強さを見込んで仲間にぜひ引き入れたいと仰《おっしゃ》っておりましたが……同時にワタシ達のことも知る存在です。故に、ワタシというあなたの知らない存在が必要だったわけですヨ」

「そういうことかい。俺が裏切るのは想定内――ま、当然か」

「エエ、可能であればシンファの救出を阻止するように言われておりますが、ワタシとしてはあなたを始末できた方が都合がよいので」

そう言って、リスカラはゆらりと四本の剣を動かして、構える。

「お前のことはよく知らないが、俺は確かに大怪我を負っている。だが、この程度の怪我で負けるほど――！」

言葉を言い終える前に、オーヴェルがふらついた。

すぐに僕も動こうとするが、異変があったのはオーヴェルだけではない。

僕の身体も麻痺したように上手《うま》く動かなくなり、ラルハもその場に膝を突いた。

戦いを見守っていた看守達も、次々とその場に倒れ伏していく。

「これ、は……！」

「ちょっとした麻痺毒ですヨ。目に見えず、匂いもない。効果が出るにも時間はかかるし、それほど効果も長くはないのですが……あなた達を殺すには十分です。戦いに集中してくれていたおかげで、気付くのが遅れましたネ？」

——油断していたわけではない。

オーヴェルと僕は互いに本気で剣を交え、周囲の者はそれを見守っていた。

誰一人として、リスカラという存在に気付くことができなかったのだ。

「ちっ、迂闊《うかつ》だったね……でも」

ラルハは大きく息を吐き出すと、麻痺した身体で立ち上がる。

「！　ほう」

「こっちは体力、有り余ってるんだよ……！　この程度の毒で動きを止められると思わないことだね……！」

「ワタシは根性論などというものは好みませんが、実際に目の前で見せられると中々、面白いものですネ」

——とはいえ、ラルハの脚は震えており、真っすぐ立つのも無理をしているように見えた。

僕の方は、すでにオーヴェルとの戦いで力を使い果たし、麻痺毒による影響で立つことすらできない。

だが、弱音を吐いている暇もない――敵を前にして、立ち上がらないわけにはいかないのだ。

「――よう、姉ちゃん。動ける元気があるならよ、リュノアを連れて逃げるんだな」

オーヴェルも戦いを終えたばかりだというのに、彼は真っすぐ立ち上がった。

僕の剣による傷の止血もできておらず、動けば当然、出血する。麻痺毒の影響もあるはずだが、それでもオーヴェルは動きを止めない。

「オーヴェルさんも動けるのですネ。これはこれは――そうなると、動けなそうなそこの青年の首だけでも持っていきたいところですが」

リスカラは僕の方を見て、歩を進める。立ち塞がったのは、オーヴェルだ。

「させねぇよ。こいつは――剣を交えて分かった。いつか、俺を超える剣士になるだろうよ。俺と戦って、見事に一太刀浴びせたんだからな。あとは、リュノア――お前次第だがな」

オーヴェルは振り返ることなく、言葉を続ける。

「そうだ、礼を言っておかないといけないなぁ。助けに来てくれて、ありがとうよ。おかげで――娘だけは助かりそうだ」

「！　何を、言って……」

「俺くらいの剣士になるとな、何となく分かっちまうのさ。死に場所ってやつが」

「——」

オーヴェルは、ここで死ぬ気で足止めをするつもりなのだ。

元より、ここにはオーヴェルの娘であるシンファを助け出し、彼を自由にするために来たのだ。それなのに、オーヴェルを失っては、本末転倒になってしまう。

「ラルハ、さん……！　オーヴェルの援護を……！」

「やめとけ、動けないお前を放置していたら、直《じき》に死ぬ。今——生きるべきは俺のようなおっさんよりも、若い奴らだ。俺は……レティの奴に会った時から、予感してたんだよ。戦いの中できっと、俺は死ぬ。それが、こんな奴との戦いになるとは思いもしなかったが……まあ、お前に会えただけでもよかったとするさ」

「おやおや、随分とひどい言い方ですネ。傷つきますヨ」

喋るのすら本来は、つらいはずだ。

やがて、オーヴェルは呟くように言った。

「……悪いが、娘を頼む。剣士としても優秀だからよ、お前が導いてやってくれ」

「いいんだね、本当に」

「ああ、任せる」

ラルハの確認は、このまま撤退してもいいのか——そういう意味合いだ。

それに迷うことなく応じたのはオーヴェルであり、ラルハは僕の身体を抱えると、すぐに監獄の出口へと向かっていった。

「ラルハさん……！　僕達の目的は――」

「分かってる。オーヴェルを助けられないなら、作戦は失敗したようなもんだ。けどね、あのまま戦えば……三人とも死ぬ。そういう予感は、あたしにだって分かるのさ。あたしが残るべきだと言いたいところだが、今の身体じゃまともに戦えない。――あれの存在に気付けなかった、あたしのミスだね」

「そんな、ことは……」

僕も、それ以上は言葉にできなかった。

ラルハに戻れなどと、言えるはずがない。彼女がすでに限界を超えて動いているのが、伝わってくるからだ。

そして、三人で死ぬよりも一人が残って犠牲になる――正解だとは言わないが、そうするしかない状況であることも確かなのだ。

「くそ……っ」

やがて、意識が遠のいていく。

オーヴェルとの戦いで、すでに僕は動けない状況だったのだ。

アイネはシンファを助け出してくれたのに、僕はオーヴェルを救うことができなかった。

——ただ、その事実だけが突き付けられたのだ。

＊＊＊

リュノアを連れてラルハが去った後——オーヴェルは溜め息を吐いて、リスカラと向き合った。

「……まさか、お前みたいな奴がまだいたのか。あの王子が連れているのは、四人だけだと思ってたぜ」

「あなたが本当にワタシ達の仲間になってくれたら、いずれは紹介してもらう予定でしたけどネ。実に残念です」

「はっ、よく言うぜ。始末できたら都合がいいって言ったのはお前だぜ？」

「おっと、口を滑らせていましたネ。ついつい、目標を前にすると興奮してしまうのが悪い癖です。しかし、あの二人を逃がすのであれば——シン・ラベイラのことも話した方がよかったのでは？」

リスカラの言うことは間違っていない。

オーヴェルが伝えるべきだったのは、感謝の言葉よりも敵の情報だろう。だが、

「そういう話をしたら、すぐ斬り込んできただろうが。お前の目的が俺の監視なら、下手

なことを口にすれば殺せ——そういう命令でも下っているんだろう？」

「おやおや、中々鋭い方ですネ。さすが、シンが味方に欲するだけはある」

「お前こそ、俺とこうして話しているだけでいいのか？　俺を斬って、あいつらを追わなくて」

「シンの脅威となりうるのは、あなただけ。始末できればよかったでしょうが、ワタシの目的はあなただと言ったでしょう。新鮮なうちに、持ち帰らないとネ？」

「……イカれ野郎が。だが、もう勝った気でいるのは……早いだろうよ。俺はまだ動けるんだ、ここでお前を斬って、あいつらと合流することだってできるんだからな」

「それはあり得ませんネ。先ほど、あなた自身が言ったでしょう——ここが死に場所だ、と。さて、そろそろいいですネ？　あなたの首をもらいます」

リスカラが構え、それに呼応するようにオーヴェルも剣を握る。

——握る力すら、もはやまともに残っていない。

いっそのこと、逃げ出せればどれほどいいだろうか。

最後に一目くらい、娘のシンファの顔を見ておきたい。

本当に無事なのか、この目で確認したかったが——レティを信じるしかないだろう。

〈剣聖とまで呼ばれた俺が、最後はこんな監獄で終わりを迎えるとはな……だが、案外人生ってのは、そんなもんなのかもな。いつだって、名前の知られた奴の最後なんて、どう

なったか分からないもんだ）

これから死ぬ――直感だが、理解しているからこそ、冷静でいられた。

今までの人生を振り返り、娘には幸せになってほしいという気持ちと、もう一つ。二代目剣聖と呼ばれた青年のことだ。

リュノアのことは、名前だけは知っていた。

どれほどの剣士かと思えば、魔法もろくに扱えない、はっきり言えば剣士になるしかなかっただけの男――だが、剣を交えてすぐに分かった。

そもそも、こんなところに囮《おとり》になるために、たった二人でやってきて、オーヴェルを前にして一対一をするだなんて、常人ではありえない考えである。

そんなリュノアだからこそ、同じ剣士として――娘のシンファを任せたいと思った。

（ああ、そうか。これだけ色々考えられるっていうのは、いわゆる走馬灯ってやつか。最期に、いい経験ができたもんだな）

すでに剣を交え、戦いはさほど長い時間にならなかった。

もはや、その戦いを見届けることができる者はおらず、麻痺毒で苦しむ看守達の前で、静かに戦いは決着する。

オーヴェル・スヴィニアはこの日――命を落とした。

＊＊＊

——その後、怪我の影響でしばらく僕は眠っていたが、目覚めた時には全てが終わっていた。

帝都の冒険者ギルドに戻ったのは、目的であったオーヴェル以外の全員。娘のシンファは無事に保護されたが、やはり父を失ったというショックは大きいらしく、まだ僕は彼女には会えていない。

もう一人、コノミが保護した人物もいるそうだが、それが誰だかはまだ分かっていない。

アイネも一度、顔を合わせたが——僕はオーヴェルを連れてこられなかった事実から、あまり彼女の顔を見られなかった。

お互いに無事であったという確認をしたが、アイネは目的を果たしてくれたというのに、僕は結局、何もできなかったという自責の念が増すばかりだった。

そんな僕の下へやってきたのは、レティだ。

「やあやあ、そろそろ怪我はよくなってきたかな？　剣聖——オーヴェルとまともに戦って、その程度の傷で済んだこと、やはり君は間違いなく強いよ」

「……これから、どうするつもりなんだ？」

単刀直入に聞いた。

レティが欲していたのはオーヴェルであり、シンファはあくまでオーヴェルとセットで助け出したかった、というのが彼女の真意だろう。

「そうだね。シンファだけでも取り戻せてよかった――これは本音であり、同時にオーヴェルという最強を失ったのは、ボクにとっては非常に風向きの悪い話だ」

「……僕の力不足だった」

「いや、君を責めるつもりはないし、むしろ監獄へ向かった者が誰一人欠けなかった、というのは大きい。そして、今後どうするべきか――ボクのやることは変わらない。オーヴェルという最大戦力を欠いたとしても、ボクの敵を討つだけさ。だから、ここからはまたお願いになる」

「……？」

お願い、という言葉を聞いて、僕はレティを見た。

すると、彼女はその場に膝を突き、

「リュノア・ステイラー――『傲慢』を討つために、ボクの仲間になってくれないか？　今度はただの協力関係ではなく、本当の仲間として」

「仲間……か」

「オーヴェルを救い出せれば、君達は自由にしてやりたかった。アイネを救う方法についても、もちろん全力を尽くすつもりだよ。けれど、状況は変わった。オーヴェルがいない今、彼に対抗できる戦力は、ボクの思いつく限りでは君しかいない」

「だが、僕は――」

「ラルハから聞いているよ。君はオーヴェルと戦い、彼に認められたそうだね。『俺を超える剣士になる』、と。少なくとも、ボクの知るオーヴェルは優しい男ではあるが、剣術においてはそんなこと、冗談で言うような奴ではない。本気で戦って、君にその素養を見出したんだろう。だから、ボクは君にお願いをしているんだ」

オーヴェルがいない以上、その代わりは必要となる。

だが、僕はオーヴェルに比べたら、剣士としては未熟だった。

そう思い知らされてしまった――アイネを守るために、レティの仲間になることは必要なことだ。

けれど、僕は本当にアイネを守り切れるのか――今まで自身を鼓舞するために、疑わないようにしてきた気持ちが揺らいでいる。

何故なら、僕は特別でも何でもない、ただの剣士に過ぎないのだから。

返事に迷っているともう一人、来客があった。

アイネかと思ったが、やってきたのは少女だった。

「！　君は……」

「初めまして、シンファ・スヴィニアです。その、挨拶が遅れてすみませんでした」

礼儀正しく、少女――シンファは頭を下げる。

その表情は吹っ切れた、というわけではないが、決意に満ちた表情であった。

「リュノアさん、あなたにお願いがあって来ました」

「お願い？」

レティに続いて、彼女からもそんな言葉を聞くことになるとは。

「はい。わたしを、リュノアさんの弟子にしてください」

そして、僕が全く予想もしていない言葉であった。

「弟子って……君が？」

「お話は聞いています。父と最後に戦ったのはリュノアさん、あなたなんですよね。しかも、父に一太刀浴びせた、とか」

「！」

僕はその言葉を聞いて、視線を逸らす。

――下手をすれば、監獄に残ったオーヴェルも、僕の一撃がなければ生き延びた可能性だってあるのだ。

彼の娘を前にしては、責任だって感じてしまう。だが、

「わたしは父に、かすり傷だって与えられたことはありません。今、父に最も近い剣士は、リュノアさん――あなたなんです。だから、わたしが強くなるために、父を超えるために、

あなたの弟子にしてください！」

そう言って、シンファは再び頭を下げた。

父を失って、悲しみに暮れているばかりではない——僕よりも年下だというのに、前に進もうとしている。

僕は、オーヴェルの言葉を思い出していた。

『……悪いが、娘を頼む。剣士としても優秀だからよ、お前が導いてやってくれ』

オーヴェルがどこまで予想していたのか、今更分かるはずもない。

けれど、自身の死期を悟っていた口ぶりと、僕に対して娘を頼む、と願ったこと。

すでに、娘——シンファが前に進もうとしていること。

全てが繋がって、僕の決意も固まった。

「……弟子を取ったことはないし、僕もまだ強くなるつもりだ。だから、一緒に強くなる、ということでいいかな」

「！　は、はい。よろしくお願いします！」

「それと、レティ。君の話も——僕は受ける。どのみち、『傲慢』はアイネも狙ってくるだろうから」

「そう言ってくれると助かるね。では、また改めて全員を集めて話をしよう——けれど、アイネのことについて伝えておかなければならないことがある」

レティがそう言うと、わずかにシンファの身体が震えた。

シンファとアイネはすでに顔を合わせているだろうが、何かあったのだろうか。だが、その疑問を口にする前に、

「アイネがアイネのままでいられる時間は、それほど長くはない。そして、仲間になったからこそ、伝えなければならないが……アイネがもしも、完全に『色欲』に支配されることになれば十中八九、彼女はボクらの敵になる」

レティは、そんな現実を口にした。

エピローグ

——帝都より離れた地。空を見上げながら、シン・ラベイラは小さく溜め息を吐《つ》いた。

「オーヴェルが逝《い》った、か。私にとって、彼は最大の敵であり、最も仲間に加えたい存在だったんだけれどね」

「喉から手が出るほど欲しい逸材……であったのなら、貴方《あなた》が直接行くべきだったと思うけれど」

シンの言葉に答えたのは、後ろに控えていた女性——メルテラ・カーヴァンだ。落ち込んでいる様子を見せるシンに対し、相変わらずメルテラは楽しそうだ。

「私にはやるべきことがあるからね。だから、わざわざ誘いに乗って、こんな辺境地まで来たのだから」

シンが動いたのは、辺境地で凶悪な魔物が目撃された、という話を受けてのこと。王子という立場で討伐隊を編成し、自ら魔物を討つために動いた——これで、本当に帝国の脅威となりうる存在を倒したのなら、次期皇帝として多くの者に認められることになるだろう。

だが、そもそも魔物の情報自体——シンの兄であるアークが流した偽りであることは、すでに理解していた。

「兄上がようやく、やる気になったのだからね」

「——当然だ、英雄騎士を失ったお前を狩るのならば、早い方がいい」

シンの下へ姿を現したのは、アーク本人だ。

その背後に控えるのは、彼に与えられた四人の英雄騎士。全員が、明確にアークに忠誠を誓ってこの場にいる。

よく統率されていると、シンは感心した。

「帝国で最も強い騎士はダンテ・クレファーラだった。それがお前に与えられた理由は——お前があまりに頼りなかったからだ。だが、いつからか……お前は変わったな。いつも弱気だったお前にどんな心変わりがあったのか知らんが、皇帝になるのは俺だ。そのままのお前でいてくれたのなら、始末する必要もなかったのだがな」

「それは私の台詞《せりふ》だよ、兄上」

「……何だと？」

「兄上が私と敵対する意思を示さなければ、私も戦うつもりはなかった。感情的で愚鈍ではあるが……兄上のことは嫌いではないからね」

「……貴様」

明らかな挑発に、アークの表情は怒りに満ちたものになった。

だが、小さく息を吐き出すと、アークは落ち着いた様子を見せる。

「強がるなよ、シン。お前の連れているそこの女だけで、我々をどうにかできると思っているのか？」

「彼女一人でも問題はないだろうけれど、今回の出番はないよ」

「ほう。お前一人で、俺と英雄騎士四人を相手にすると？」

「いや、兄上の相手など――彼らだけで十分だよ」

言葉と共に姿を現したのは、二人の人物。

片方は長身の男性で、丸みを帯びた眼鏡《めがね》をかけ、ゆったりとした柄の多い服を身に纏《まと》っている。

もう一人はローブを羽織った赤髪の少女だ。

「やれやれ、オレは暗殺者だぜ？　正々堂々、向かい合ってやり合うことになるなんてよ」

「逃げたかったら逃げれば？　おじさんなんかいなくても、あたし一人で全員殺《や》れるよ？」

「うるせえ小娘だな、雇われの傭兵がよ」

「雇われじゃないわ、あたしはシンの……恋人なのよ！　きゃー！　本人の前で言っちゃった！」

「付き合いきれねえな」

「……なんだ、こいつらは」

アークは呆《あき》れた表情を見せた。

シンが出してきたのは、どれも色物であり、およそ英雄騎士には及ばないように見えているのだろう。

「英雄騎士など、私からすればもう過去の存在だ。兄上の言う通り、ダンテは確かに強かったし、ジグルデも私の仲間になりうる存在だった。だが、彼らは敗れた。所詮はその程度だった、というだけのこと」

「敗れた……？　お前、英雄騎士をたかが一人の犯罪者を追うのに使っていたようだが――まあ、いい。お前がそれほどまでに欲しているのなら、俺がその犯罪者を捕まえておいてやるよ」

そう言って、アークは指示を出した。

すぐに、後ろに控えていた英雄騎士達が動き出す。

「お前を始末した後で、ゆっくりとなぁ！」

戦いが始まり、動いたのは姿を現したばかりの長身の男と少女の二人。対する英雄騎士は四人に加え、統率者としてアークが指示を出す。

個々の能力に優れている英雄騎士を、アークは完璧と言えるほどに使いこなしていた。紛れもなく、戦闘面において彼は優秀であり、時代が違えば――あるいは皇帝になれたのかもしれない。だが、

「……は？　何だ、これは」

アークが驚きに目を見開いた。

最初にやられた英雄騎士は長身の男によって首の骨をへし折られ、次にやられた者は少女によって心臓を貫かれた。

真正面からの戦いに敗れ、連携は崩されたが、残り二人の英雄騎士がまだ残っている――だが、残った二人も気付けばアークの目の前で、人の原型を失くして潰されている。

「君は手を出す必要はないと言っただろうに」

「余興のようなものよ。こういう手合いの、絶望した顔が見たくなったの」

「相変わらず悪趣味だね」

「な、何なんだ、お前達……それに、お前――本当に、シンなのか……!?」

言葉の通り、絶望の表情を浮かべたままに問いかけるアークに対し、シンは淡々と告げる。

「最後だから答えようか、兄上。あなたの知る弱いシンは、もうすでにこの世にはいない。ここにいるのは、皇帝になるために全てを投げ捨てた――次代の皇帝、シン・ラベイラ

あ！」

だ」

「こ、皇帝、だと……？　ふざけるな……次代の皇帝になるのは、この俺だぁあああ

アークは叫びながら、剣を振りかざしてシンへと駆け寄る。

周囲にいた三人がシンを守るべく動こうとするが、それを制止して――シンは直接、アークを斬り伏せた。

「さようならだ、兄上。来世では、もっと平和な地に生まれることを願っているよ」

一言そう告げると、シンはすでにアークに興味を失ったように背を向け、仲間達に告げる。

「兄上――アークの死によって、『シン・ラベイラ』が次代の皇帝となることが決まった。『私』もそろそろ、全てを手に入れるために動くとするよ」

この日より――ラベイラ帝国の新たな歴史が始まることになった。

書き下ろしSS

ロッテ・アーキスがまだ見習いの騎士だった頃、先輩として一緒に行動をしていたのがアイネ・クロシンテであった。

「きょ、今日からお世話になります、ロッテ・アーキスですっ」

「ん、よろしくね。それじゃあ、早速見回りでも行きましょうか」

「あ、は、はいっ！」

騎士になるためにはまず訓練学校を卒業することになる――ロッテは『ラベイラ帝国』の生まれであるが、アイネは出身が違う。

ただ、他国出身の者がこの国の騎士になることは決して珍しいことではなく、帝国内でも特に別格とされる『英雄騎士』と呼ばれる者にも、他国出身の者がいると聞いたことがあった。

アイネはロッテよりも二年ほど早く騎士として活動しているが、剣の腕は同い年の者と比べても非常に高く、その上で日々の鍛錬を欠かさない――まさに、ロッテにとっては理想の先輩であった。

緊張のあまり、ロッテはアイネに上手《うま》く話しかけられないでいたが、当のアイネは特に気にすることもなく、普段通りに仕事をこなしている。

「帝都の巡回のルートはその日によって担当が変わるの。基本的には二人一組で、ロッテは主に私と回ることになるわね」

「よ、よろしくお願いします……！」

「……ちょっと、あんた――じゃなくて、あなた、緊張しすぎじゃない……？」

さすがに挙動不審に思われたか、アイネに訝《いぶか》しむような視線を向けられて、ロッテは思わず息を呑《の》む。

「す、すみません……！　その、まさか、アイネ先輩と一緒にお仕事ができるとは、思っていなくて……」

「何よ、別に私なんてそこらの騎士と変わらないわよ？」

「そ、そんなことないですっ！　アイネ先輩の話は訓練学校の時から聞いていて――」

「そうじゃなくて、別に私の評価がどうであろうと、私は今、帝国の騎士として仕事をしているの。だから、あなたも騎士らしくなさい。そういう風に教わっているでしょ？」

「……！」

ロッテはアイネの指摘に、少し驚いた表情を浮かべた。

同時に、自身のことばかり考えていたことを恥じた。

アイネの言う通りだ――見習い騎士とはいえ、帝国で暮らす人々からすれば、ロッテもまた騎士であることに変わりはない。

緊張しているだとか、目の前に憧れの人がいるだとか――そういうのは言い訳にはならないし、いつまでも訓練学校の気分でいてはならないのだ。

「……も、申し訳ありませんでした。肝に銘じます……！」

「謝るほどの話じゃないけれど、まあ、分かったのならいいわ。それじゃ、改めて見回りに行くわよ」

「はいっ」

帝都の見回り――当たり前だが、常日頃から事件なんて起こるわけがない。

異常がないことを確認する仕事は、言ってしまえば単純作業に近いところもあった。

けれど、ロッテはアイネが手を抜いているところを見たことがない。

騎士の仕事かどうか微妙なラインの依頼であっても話を聞くし、特に帝都内でも治安が悪いとされるところでは、騎士であっても絡んでくるゴロツキは少なくはなかった。

そんな相手とはトラブルを避けようとする騎士もいるのだが。

「近頃、夜になると不審者が増えていると聞くわ。あなた達のことじゃないでしょうね？」

「おいおい、騎士さん……勘弁してくれよ。オレ達は確かにガラよくねぇけどさ、悪いことなんてしてねえよ」

「悪いことをしない人はね、人気《ひとけ》のないところを不法占拠したりしないのよ。ここは廃墟《はいきょ》ではあるけれど持ち主がきちんといるのよ。すぐに退去しなさい」

「いいじゃねえか。別に誰も使ってねえんだからよ」

「持ち主は迷惑しているわ」

「ちっ、いちいちうるせえ女だ……。騎士だからってあんまり調子乗ってると痛い目見る――っ！」

懐からナイフを取り出そうとしたゴロツキに対し、アイネはすでに腰に下げた剣を抜いて、首元にあてがっていた。

すぐ近くにいた仲間が反応し、一触即発の雰囲気になる。

ロッテは、剣の柄《つか》に触れるがまだ剣を抜いてはいない――もしもここで戦いになどなったら、人数差は圧倒的だ。

こちらは二人しかおらず、騎士の援軍もすぐには見込めないだろう。

ゴロツキはアイネを睨《にら》みつけるが、彼女もまた一切退く様子は見せない。

先手を取ったのはアイネであり、動けばやられるのはゴロツキの方だ。

「わ、分かったよ。ここを立ち去ればそれでいいんだろ？」

「ええ、そうしてくれると助かるわ」

折れたのはゴロツキの方で、アイネはその言葉を聞いて剣を納め、くるりと背を向ける。

「！　アイネ先輩っ！」

ロッテはすぐに声を上げた――ゴロツキはアイネが引き下がると同時に、懐からナイフを取り出して襲い掛かったのだ。

やはり、言葉による説得など通じる相手ではない。

ロッテはすぐにアイネを守るために腰から剣を抜く。

「全く、大人しく引き下がれば怪我《けが》しないで済むのに」

言うが早いか――気付けばアイネは男の首元に剣先を押し当てていた。

殺気立って動こうとした仲間達を手で制止し、アイネとゴロツキは再び睨み合う。

しばしの静寂の後――ゴロツキは大きく溜め息を吐《つ》いて、

「悪かった。もう抵抗しねぇよ」

「一応、忠告しておくと……次は斬るわよ？」

「わ、分かったっての！」

今度は反抗せずに、アイネの指示に従ってゴロツキ達はその場から姿を消した――思わず腰を抜かしそうになるロッテだったが、すぐにアイネが支えてくれる。

「ちょっと、大丈夫？」

「す、すみません……！　恥ずかしながら、ちょっと怖くて……」

「最初はそういうものかもね。でも、あなたももう騎士だから、相手を怖がってるだけじゃダメよ。実際、あんなの大した奴《やつ》らじゃないんだから」

「そうは言っても、複数人いましたし……変に抵抗でもされたら……」

「最低限、騎士になるくらいの腕があれば――その辺のゴロツキくらい、何とかなるものよ。今は私もいるしね。まあ、慣れてくればできるようになるわ」

「……は、はい」

最初の頃は本当に騎士を続けられるのか――不安なところもあった。

けれど、アイネと共に行動していくうちに、ロッテもまた騎士としての心構えと自信をつけていく。

帝国の騎士として――正しくあろうとする姿は、間違いなくアイネから教わったものであった。

共に仕事をした期間は決して長いものではなかったが、ロッテにとってアイネは憧れの騎士であり、剣術のみならずその精神の強さにも憧れを持っていたのだ。

――故《ゆえ》に、アイネが騎士殺しの罪で投獄されたと聞いた際には、一番に抗議に向かった。

「アイネ先輩が騎士殺しだなんて……そんなことするはずがありません！　何かの間違いに決まっています！」

「そうは言っても、『英雄騎士』の一人であるシアン・マカレフ様も証言されているのだ」

「シアン様が……」

英雄騎士――帝国の騎士の頂点とも言える存在であり、皇帝直属の騎士達だ。

その権限は騎士団長すら上回るとされ、そんな人物が証言しているともなれば――まず覆すことはできないだろう。

せめて何か事情だけでも把握しようと、ロッテは面会の申請をしたが、その全てを拒絶されてしまった。

以降、アイネは騎士殺しの罪を犯したとして、それっきりロッテは何も情報を掴《つか》めなかった。

誰もアイネの冤罪《えんざい》を証明しようとはしなかったし、調査することも許されない現実。憤りを感じるのは、帝国に対してもだが――それ以上に、自分自身の無力さだった。

ロッテが一人、アイネの無実を訴えたところで何も変わらない。

――しばらくは荒れた生活を送る日々が続いた。

けれど、ロッテにできる唯一のことは、アイネに教わったことを実践し、真っ当な騎士であり続けることだけであった。

剣術の鍛錬を続け、治安の悪いところでも怯《ひる》むことなく――騎士としての仕事を全うする。

アイネのことに関して下手に調査や庇《かば》うようなことをすれば、ロッテの立場も危うくなる、という遠回しな忠告も上司からあって、ロッテはアイネのことを口にしなくなる。

それでも、彼女はきっと罪を犯してなどいない——それが証明できるのなら、力になろう。

ロッテはそう固く誓って、アイネと再会するその日まで、帝国の騎士としてあり続けた。

あとがき

お久しぶりです、笹塔五郎です。

一年以上空いてしまいましたが、四巻発売となりました。

まずはお待たせしてしまって申し訳ございません。

続刊が出る前に同じGCN文庫から新作が出ていますが、これはタイミングの問題だったりします。

元々、三巻が出たのは一昨年になるのですが、ちょうどその頃あたりか、お腹の調子をかなり悪くしまして……。

健康に気を遣っているキャラで生きてきたのですが、その後は二カ月ほど入院することになりました。

しかも人生で初めて死にかけたので、ある意味貴重な経験だったと思います。

今後、死にかけのキャラの描写には自信があるかもしれませんね！

体調面でも不安はそこそこに、ここ最近の大きな変化で言えばお仕事を辞めました。

本業は元々エンジニアをやっていたのですが、早い話が本業に合わせて作家業のお仕事も増やしていると、今の健康状態で両方続けるのは負担が大きいな、というのが一番ですね。

　正直、本業に対する不満とかはなかったんですが、これを機に創作一本に絞っていくのも悪くないかと思っています。

ただ、気が変わりやすいので時間が経ったらまた再就職しているかもしれません。

私の近況の話はこれくらいにして、本作の話を少しだけ。

四巻となると、お話も核心に迫るような感じになってきました。

一巻から出ています剣聖というワードについて、主人公が二代目と呼ばれるように初代がいるわけですが、今回初登場……そしてそのまま退場となってしまっています。

こういう初代がいる場合ってやっぱり敵として出てくるのかな？　と思う人も多いかと思いますが、私の場合も例に漏れず敵パターンでした。

仕方なく、という感じではありますが、剣聖のイメージとしては魔法も扱えるリュノア、という感じですね。

リュノアには魔法の才能がないので、剣術一本で対抗するのに対して、剣術でも上回っていたような相手です。

四巻まで出てほとんど剣術だけで戦っている主人公ですが、今後もほとんどそれ一本になると思います。

ヒロインのアイネの方も何やら不穏な空気が出てきまして、異能力バトル的な雰囲気も感じられるようになってきました。

ヒロインの服装もだんだんはだけていっていますが、監獄バトル、新登場キャラがえっちな恰好すぎませんかね……？

そんなところで、この辺りで謝辞を述べさせていただきます。

イラストを担当いただきました菊田幸一様。

えっちな作品に合わせてえっちなキャラを描いてくださりありがとうございます。

作品のパワーもおかげ様でどんどん上がっています！

担当編集者のK様。

入院時から色々とご迷惑をお掛けしましたが、四巻を出せるように尽力していただきまして感謝です。

引き続きご迷惑をお掛けすることもあるかと思いますが、一先《ひとま》ず死なないようにはします。

本作に関わってくださいました皆様にも、感謝の言葉を述べさせていただきます、ありがとうございます。

四巻までご購入いただいた皆様にも感謝を、ありがとうございます。

五巻が出るといいな、と思いながらこの辺りで失礼します！

ファンレター、作品のご感想をお待ちしています!

【宛先】
〒104-0041
東京都中央区新富 1-3-7　ヨドコウビル
株式会社マイクロマガジン社
GCN文庫編集部
笹塔五郎先生 係
菊田幸一先生 係

【アンケートのお願い】

右の二次元バーコードまたは
URL (https://micromagazine.co.jp/me/) を
ご利用の上、本書に関するアンケートにご協力ください。
■スマートフォンにも対応しています (一部対応していない機種もあります)。
■サイトへのアクセス、登録・メール送信の際の通信費はご負担ください。

GCN文庫

一緒《いっしょ》に剣《けん》の修行《しゅぎょう》をした幼馴染《おさななじみ》が奴隷《どれい》になっていたので、Sランク冒険者《ぼうけんしゃ》の僕《ぼく》は彼女《かのじょ》を買《か》って守《まも》ることにした④

2024年2月26日　初版発行

著者　笹塔五郎《ささとうごろう》
イラスト　菊田幸一《きくたこういち》

発行人　子安喜美子

装丁　森昌史
DTP／校閲　株式会社鷗来堂

印刷所　株式会社エデュプレス

発行　株式会社マイクロマガジン社
〒104-0041 東京都中央区新富1-3-7 ヨドコウビル
[販売部] TEL 03-3206-1641／FAX 03-3551-1208
[編集部] TEL 03-3551-9563／FAX 03-3551-9565
https://micromagazine.co.jp/

ISBN978-4-86716-535-5 C0193